淫らな背徳

愁堂れな

Illustration
睦裕千景子

JN283312

B-PRINCE文庫

※本作品の内容はすべてフィクションです。
実在の人物・団体・事件などには一切関係ありません。

CONTENTS

淫らな背徳 9
Holidays～それぞれの休日～ 221
淫らな背徳～コミックバージョン～ by 陸裕千景子 249
あとがき 250

『淫らな背徳』人物紹介&STORY

Main
遠宮太郎《とおみやたろう》(26)
東大出のキャリアで、新宿西署刑事の課長。高円寺の上司。高円寺の事が大好きだが、素直になれない女王様気質。あだ名は「タロー」。
高円寺久茂《こうえんじひさも》(35)
新宿西署の刑事だが、見た目はヤクザ。恋人の遠宮の事が可愛くてしょうがなく、同棲したいと思っている。

Others
上条秀臣《かみじょうひでおみ》(35)
東京地検特捜部の検事。強面で服装も派手なので、よくヤクザと間違われる。神津と同棲中。あだ名は『ひーちゃん』。
神津雅俊《こうづまさとし》(32)
もと製薬会社社員で、現在大学の研究室勤務。
奥ゆかしく、料理上手。あだ名は『まー』&『まさとっさん』。

STORY

上条と中津と高円寺は、三十年来の腐れ縁で、通称三バカトリオ。紆余曲折の末、上条には神津、中津には藤原、高円寺には遠宮という恋人ができ、それぞれにラブラブな毎日を過ごしていた。だが、新宿西署にある殺人事件の知らせが入り…!?

Others

藤原龍門《ふじわらりゅうもん》(29)

名の知れたフリーの敏腕ルポライター。上条や高円寺を『兄貴』と慕っている。中津と同棲中。あだ名は『りゅーもん』。

中津忠利《なかつただとし》(35)

ヤメ検弁護士で、佐伯法律事務所勤務。優しく美しい顔立ちで、理性的だが、怒らせると怖い。

桜井隆一郎《さくらいりゅういちろう》(24)

新宿西署の新人刑事。警察庁刑事局長のワガママ息子。高円寺に片思い中。

ミトモ(?)

新宿二丁目のゲイバー『three friends』の美人(オカマ)店主であり、情報屋。面倒見が良い。

Other

栖原秋彦《すはらあきひこ》(35)

監察医。吉祥寺で内科の医院を経営している。確かな腕前と美貌、そして長い黒髪と百八十センチを超す長身で、所轄の有名人。バイセクシャル。

納賢一《おさめけんいち》(30)

新宿西署の刑事で、高円寺の後輩。あだ名は『新宿サメ』だが、サメというより熊に似ている愛嬌のある大男。真面目な性格で、高円寺に心酔している。

淫らな背徳

1

「こ、高円寺《こうえんじ》さん、今日はまた一段と、その……凄《すご》いですね」

後輩の納《おさめ》刑事が高円寺久茂《ひさも》の顔を見て、ぎょっとしたように目を見開く。

「まあな」

納が驚くのも無理がないほど、頬《ほお》にはどう見てもひっかき傷にしか見えないミミズ腫《ば》れを走らせている高円寺が、その傷を掌《てのひら》で擦《こす》りながら、にやりと笑う。

「……犬も食わない……ですか？」

高円寺の表情から察した納が問いかけるのに、

「まあな」

と高円寺が同じ答えを返したとき、二人の背後でこれ以上ないほどに不機嫌な声が響き渡った。

「高円寺さん！　納さん！　無駄口を叩《たた》いている暇があったら、溜《た》まりに溜まった報告書、今すぐ提出してください！」

「す、すみません！　すぐやります！」

声の主に対し、振り返って平身低頭、詫《わ》びるのは納のみで、高円寺は、やれやれ、というように肩を竦《すく》め、その主を――二十六歳の若さにして、彼らの上司である遠宮太郎《とおみやたろう》の顔を見る。

「高円寺さん、あなたはどうなんです？　返事がないようですが」

高円寺の視線をきっちりと受け止めた上で、嫌味たっぷりに声をかけてきたこの遠宮こそが、高円寺の頬にミミズ腫れを残した犯人だということを、納をはじめとする彼の部下たちは想像だにしないに違いない。

「やる気満々なんだがよ。時間がねえんだ。時間が。何せ夜が充実しまくりだからよ」

「こ、高円寺さんっ」

遠宮に向かい、高円寺が含みを持たせた言葉で答える。『夜』の充実に関しては、相手が遠宮であるがゆえに高円寺は敢《あ》えて主張したのだが、そんなこととは露知らぬ納が慌てて彼の言葉を遮ろうとした。

「……っ」

勿論《もちろん》遠宮は高円寺の『当てこすり』を理解しており、そのためぐっと言葉に詰まる。と、そのとき、素《す》っ頓狂《とんきょう》なほどの高い声が周囲に轟《とどろ》き、遠宮を、慌てる納を、そして、参ったか、とほくそ笑んでいた高円寺までをも驚かせた。

「え〜!!　高円寺さんの夜が充実してるなんて、僕、ショックですよう〜!!」

変声期前の少年か、とツッコミを入れたくなるような高い声の主は、今や新宿西署《しんじゅくにししょ》の名物とも言われるお荷物新人、桜井隆一郎《さくらいりゅういちろう》だった。勿論彼は変声期前の少年などではなく、大卒のれっきとした大人である。

「高円寺さん、恋人いるんですか？　あの、中津《なかつ》さんって人は恋人じゃないって、納さんに聞いたんですけど、他に付き合ってる人がいるってことなんですかあ？」

外見もとても成人男子には見えない桜井だが、彼もれっきとした遠宮の部下であり、高円寺の同僚刑事である。なんでも彼は学生時代に歌舞伎町《かぶきちょう》でチンピラに絡まれているところを救ってくれた高円寺に恋に落ち——当然ながら、高円寺にその記憶はなかった——父親が警察庁のお偉方《えらがた》であるのをいいことに、これでもかというほど縁故を使い、この新宿西署へと配属になったのだった。

「やめたほうがいいですよう！　そんな、暴力ばっかり振るう恋人なんて。高円寺さんなら、もっと、気立てが良くって可愛《かわい》い恋人がすぐできますよう」

桜井の主張する『気立てが良くって可愛い恋人』はまさに彼自身であり、

「ね？」

と甘えた様子でしなだれかかる。そんな彼をまさしく『暴力ばっかり振るう恋人』である遠宮が怒鳴りつけた。

「いい加減にしろっ！　ここをどこだと思ってる。神聖なる職場で馬鹿《ばか》げた話をするんじゃないっ」

「ご、ごめんなさい」

遠宮の怒声に、桜井がしゅんとなる。遠宮がまさに彼の恋のライバルだという自覚がない桜井は、高円寺に対するのとまるで違う気持ちを——色恋沙汰《ざた》ではない、いわば尊敬の念を遠宮に対して抱いているため、その遠宮に怒鳴りつけられたことで己の振る舞いを反省したのだった。

「わかればいい。君も実習日誌を溜めてるだろう。早く提出するように」

「はい！　すぐやります!!」

敬礼しかねない勢いで桜井はそう言うと、パソコンに向かって『実習日誌』を物凄い勢いで入力し始めた。その様子を高円寺は見やり、やれやれ、と肩を竦めつつ、遠宮を見る。

「高円寺さんも少しは彼を見習ってください」

高円寺としては、『参ったよな』系の同意を求めたつもりだったのだが、遠宮の口調はどこまでも冷たかった。

「わかったよ」

またも、やれやれ、と高円寺が肩を竦め、自分の机へと向かう。

「報告書、ねえ……」

書類が山積みとなっている彼のデスクは、それこそ高円寺本人でないと、どこに何があるのかわからないような状態だった。その中から高円寺は、報告書の所定用紙を取り出すと——桜井とは違いアナログ人間の彼は、未だに提出書類は手書きである——いつものごとく記憶を頼りにいやいや書類の作成を始めた。

まったくもうよう、とひりつく頰を押さえる高円寺の脳裏《のうり》に、この傷を受ける憂《う》き目に遭《あ》った昨夜の遠宮とのやりとりが蘇《よみがえ》る。

本当にどこに地雷が埋まっているのかわからねえ、と高円寺が溜《た》め息《いき》をつくのもある意味無理のない話で、遠宮は昨夜、思いもかけない出来事で切れまくり、その不機嫌を今日にまで引き摺《ず》っているのだった。

昨日高円寺は非番であり、夜、久々に一緒に食事にでも行こうと遠宮を誘い、彼が部屋を訪れるのを待っていた。

午後七時に遠宮が到着し、さてこれからどこへ行こう、となったとき、高円寺の携帯が着信に震えた。

「もしもし？」

『俺だ』

かけてきたのは、高円寺とは三十年来の腐れ縁である、東京地検特捜部《とうきょうちけん》勤務の上条秀臣《かみじょうひでおみ》検事だった。今宵《こよい》彼の最愛の恋人が出張で不在のため、飲みに行こう、と誘ってきたのである。

「またかよ」

一人寝ならぬ、一人メシが寂しいと、同居中の恋人――神津雅俊《こうづまさとし》という大学の研究室勤務の、『可憐《かれん》』という修飾語がこれほど似合う男はいないと言われる人物である――が不在のときには、ちょくちょく上条は高円寺と、そしてもう一人の三十年来の腐れ縁、ヤメ検の弁護士の中津忠利《ただとし》を呼び出しては愚痴《ぐち》りまくる。

この、腐れ縁トリオ――別名、三バカトリオたちは、お互いのパートナーぐるみの付き合いをしているがゆえ、高円寺は何も考えることなく遠宮を上条との飲みに誘った。それに遠宮が切れまくったのだった。

「待て。今夜久茂は僕と約束してたんじゃないのか」

行こうぜ、と誘う高円寺を遠宮が、不機嫌この上ない顔で問い詰める。

「ああ？」

それがどうした、と、素でわからず問い返した高円寺を遠宮が、凶悪な目で睨《にら》んだ。

「それなのになぜ、他の誘いに乗るんだ？」

「へ？」

そこまで言われても高円寺は、遠宮が何を怒っているのか、まだ理解していなかった。

「上条や中津と一緒は嫌ってえことか？」

このところ遠宮は、この『パートナーぐるみのお付き合い』に随分《ずいぶん》と馴染《なじ》んできたと高円寺は見ていた。それゆえ、上条の誘いに遠宮を連れていこうとしたのだが、それのどこが不満なのか、まるでわからず問い返した高円寺に、遠宮がついに切れた。

「そうじゃない！」

「痛《いて》っ」

高円寺の頰にミミズ腫れを残した遠宮は決して、上条や中津と座を同じくすることを厭《いと》うているわけではなかった。ただ、『二人で』食事に行こうという約束を反故《ほご》にされた、それを怒っているのだが、高円寺には彼の怒りがまるで伝わらないのである。

「なんなんだよ、タロー、一体何を怒ってるんだ？」

「うるさい！」

フォローに走ろうとする高円寺を暴力を振るうことで遠ざけようとする。遠宮の抵抗はそれから小一時間続き、高円寺は結局上条のもとを訪れることができず、結果として遠宮と共に室内で過ごすこととなった。

『おい、もう河岸《かし》変えるぜ』

約一時間後、上条から高円寺の携帯に連絡が入った。

「帰る！」

高円寺が自分との諍《いさか》いの最中、上条からの電話に出たことにまた遠宮は切れ、立ち上がり部屋を駆け出そうとする。

「おい、待てよ、タロー」

慌てて高円寺が呼び止めたその声を聞き、上条は二人が修羅場《しゅらば》状態であることを察したらしい。

『邪魔《じゃま》したな。ま、頑張れや』

と早々に電話を切ってくれ、おかげで高円寺は今や玄関のドアノブを摑《つか》もうとしていた遠宮をすんでのところで背後から抱き締め、制することができたのだった。

「離せ！」

「タロー、何怒ってるんだよ。もう飲み会には行かねえよ」

遠宮の怒りが何に根ざしているのかをまるで理解していないために、高円寺が遠宮の神経を逆撫《さかな》ですることを言い、遠宮の首筋に唇を押し当てる。

「だからっ」

高円寺にきつく抱き締められ、身動きが取れない状態であった遠宮は、首筋に感じる痛いほどの刺激に今まで以上の怒声を張り上げ高円寺を振り返った。

「へ？」

「痕《あと》は残すなと言っているだろう!!」

何遍《なんべん》言ったらわかるのだ、と遠宮が怒りのままに高円寺を怒鳴りつけ、強引にその腕から逃れようとする。

「わかった。もうしねえ。もうしねえから」

だがいくら暴れようと、腕力では遠宮が高円寺にかなうわけがなく、ずるずると引き摺られるようにして室内へと後戻りさせられると、そのまま部屋の中央に敷いてある万年床《まんねんどこ》へと押し倒されてしまった。

「ふざける……っ」

な、と尚も怒声を張り上げようとした遠宮の唇を高円寺の唇が塞《ふさ》ぐ。貪《むさぼ》るような激しいくちづけを与えてくる彼の背を遠宮は拳《こぶし》で二度、三度と殴ったが、高円寺の舌が彼の舌を捉《とら》え、きつく吸い上げてくる頃にはその拳は解かれ、しっかりと高円寺の背を抱き締めていた。

「ん……」

遠宮の抵抗が止んだことに気づいた高円寺の手が、素早く遠宮から衣服を剝《は》ぎ取っていく。くちづけを交わしたまま高円寺は遠宮を全裸にすると、ようやく唇を外し首筋から既にツンと勃《た》ち上がっていた胸の突起へと這《は》わせていった。

「あっ……やっ……」

乳首を弄《いじ》られるのはことのほか弱いという遠宮が、高円寺の愛撫《あいぶ》に身悶《みもだ》え、悩ましい声を上げる。片方を唇と舌で、もう片方を指先できゅっと摘《つま》み上げると、遠宮は身体を仰《の》け反《ぞ》らせ、高く喘《あえ》ぎ始めた。

「や……っ……あっ……あぁ……っ」

きゅ、きゅ、と乳首を強く抓《つね》られるたびに、遠宮の身体はびくびくと震え、上がる嬌声《きょうせい》が高くなる。早くも勃ち上がりつつある彼の雄もまた同じく、びくっびくっと脈打つのをぴたりと合わせた己の腹に感じた高円寺は、目を上げ遠宮の顔を窺《うかが》い見た。

「あっ……」

だが彼の目に映ったのはきつく目を閉じたままの遠宮の顔だった。閨《ねや》では高円寺が戸惑うほどに遠宮は積極的な振る舞いをすることがままある。なんといっても最初に遠宮が高円寺と同《どう》衾《きん》したのは、高円寺が宿直の際、彼の手首を宿直室のベッドの柵《さく》に繋《つな》いで、強引に上に乗っかったという、とんでもないシチュエーションであった。

後に高円寺は遠宮のその行為が、彼の初めてのアナルセックスだったと知らされ愕然《がくぜん》とするのであるが、それはともかく、そんな積極的な遠宮が実は恥ずかしがり屋だということに、最近高円寺はようやく気づいたのだった。

部屋の明かりが灯《とも》っていることをまず嫌がる。自身が快楽に身悶えるさまを高円寺に見られることを遠宮は酷《ひど》く厭うた。

主導権が己にあるときはいい。だが、己にないときには——高円寺に喘がされているときには、遠宮は己のそんな姿を、高円寺の目に晒《さら》させまいとし、明かりを消したがるのである。

明かりを消せ、という要求をするより前に行為に雪崩《なだれ》込んだようなときには——今日がまさにそうである——遠宮はきつく目を閉じ、決して身悶える己の姿を目に映そうとしない。自称他称、エベレストより高いプライドを持つという遠宮ゆえ、いたしかたないとは高円寺も半ば諦《あきら》めているのだが、それでも感じ合い、愛し合うままの姿を見せてほしいと思うし、恥じらいからも解放されてほしい、という願いを捨てきれずにいるのもまた、事実ではあった。

「やっ……あぁっ……あっ……あっ……」

遠宮がきつく目を閉じたまま、いやいやをするように激しく首を横に振り、胸への愛撫以上

に己の求めている行為を伝えんと、高円寺に下肢《かし》を擦《す》り寄せてくる。これに応えねば男ではない、と高円寺はすぐに身体を起こすと、遠宮の両脚《あし》を抱え上げ、露《あら》わにした後孔へと既に勃ちきっていた己の雄の先端を擦りつけた。

「はやく……っ」

遠宮がおそらく無意識なのだろう、薄く目を開いて高円寺に挿入を促す。酷く潤んだ瞳《ひとみ》に、紅潮する頬に、そして何より、挿入を求め、ピンク色の内壁をひくつかせているそのさまに高円寺の興奮はすっかり煽《あお》られ、いきり勃つその雄をねじ込んでいった。

「あぁーっ」

一気に奥まで抉《えぐ》られ、遠宮が耐えられないといった悲鳴を上げる。だがその悲鳴は苦痛を物語るものではなく、快楽を貪った結果だと察している高円寺の律動は緩まることなく、激しいほどの勢いで遠宮へと下肢をぶつけ、遠宮の唇から更に高い嬌声を上げさせていった。

「あぁ……っ……もう……っ……もう……っ」

延々と続く高円寺の突き上げに耐えられなくなったのか、遠宮が苦しげに眉《まゆ》を寄せ、切羽詰《せっぱつ》まった声を上げる。

「……わかったぜ」

激しい律動のため、息を少し乱しながら高円寺はそう呟《つぶや》くと、遠宮の片脚を離し、彼の雄を握ると一気に扱《しご》き上げてやった。

「あーっ」

遠宮が一際高い声を上げて達し、白濁した液を高円寺の手の中に飛ばす。

「……くっ……」

射精を受け、ひくつく彼の後ろに締め上げられた高円寺も同じく達し、遠宮の中にこれでもかというほどの精を注ぎ込んだ。

「…………あぁ……っ……」

はあはあと息を乱しながら、遠宮がじっと高円寺を見上げてくる。仕事の際には——否、プライベートでも常に厳しい眼差《まなざ》しを湛《たた》えた遠宮の瞳は今、欲情に酷く潤み、焦点があまり合っていないようなその瞳は彼を、幼くさえ見せていた。

「……っ……」

無防備ともいえる遠宮の表情を見下ろす高円寺の胸が大きく脈打ち、未《いま》だ遠宮の中に収めたままになっていた彼の雄がドクン、と震える。一気にかさが増していく雄の感覚を己の身体に受け、遠宮が我に返った顔になった。

「……悪《わり》ぃ」

ぎょっとしたように目を見開いたその表情を見た高円寺は、さすがにインターバルをおかねば無理か、と苦笑し、勃ちかけた雄を遠宮から抜こうとする——が、遠宮は両脚を高円寺の腰へと回し、彼の動きを制した。

「……タロー？」

驚き見下ろす高円寺を見上げ、息が上がって喋《しゃべ》ることもできずにいるというのに遠宮が、大丈夫だ、というように頷《うなず》いてみせる。

「無理すんなって」

ゆっくりしようぜ、と高円寺はまた苦笑し、背中に腕を回して腰を捉える遠宮の脚を解《ほど》かせようとしたのだが、遠宮はそうはさせじと更に脚に力を込め、高円寺の腰を己のほうへとぐっと引き寄せた。

「……知らねえぞ？」

次なる行為へと積極的に誘ってくる遠宮を見下ろし、高円寺が呟く。

「……いいから、来い……っ」

だが息を乱しながらも遠宮にそう言われ、またぐいっと腰を引き寄せられては、高円寺の忍耐もそう保《も》たず、ごくりと唾《つば》を飲み込むと遠宮の両脚を抱え直し、再び腰の律動を開始した。

「あぁっ……あっ……あっ……あっ……あっ」

遠宮の少し掠《かす》れた喘ぎ声がまた、室内に響き渡る。先ほど喘ぎすぎたせいで喉《のど》が嗄《か》れたらしい彼の、ややハスキーめの声は、高円寺の欲情を殊更に煽り立てるアイテムとなり、手加減をしてやろうと密かに思っていたはずの彼の動きを活発にしてゆく。

「やぁっ……あっ……あっあっあっ」

一度目の行為以上に激しく腰を打ち付ける高円寺の身体の下で、遠宮もまた一度目以上に身悶え喘ぐ。そんな彼の姿に尚も欲情を煽られた高円寺の突き上げはそれから延々と続き、ついには遠宮が失神してしまうまで彼は、遠宮を求め続けてしまったのだった。

そんな熱烈な夜を過ごしたがゆえ、既に遠宮の怒りは解けたものだと高円寺は思い込み、失神した遠宮を介抱したあと彼を胸に抱き眠りについたのだが、朝になり目が覚《さ》めてみると、隣で寝ていた遠宮がいない。

少し前まで遠宮は、高円寺の部屋で行為に及んだあと、必ずといっていいほど夜が明けるより前に自分の官舎へと戻っていた。前日と同じスーツで署に出ることを非常に厭うていたためである。

だが最近では遠宮は、高円寺の部屋に自身の着替えを数着キープするようになった。遠宮にそのアドバイスをしたのはなんと神津で、飲み会の最中遠宮は彼から、ごくごく控えめな口調で『着替えたいのであれば、高円寺さんの部屋に着替えを置いておけばいいんじゃないかと……』と指導を受けたのだった。

遠宮は、二十六歳の若さにして、『将来警視庁を背負って立つ男』という認識を上層部に抱かせるほどの明晰《めいせき》な頭脳と卓越した能力の持ち主であったが、若さゆえか少し頭でっかちな部分もあった。

それは遠宮自身も自覚してはいるのだが、『スーツをキープすればいい』という、ある意味考えるまでもない、いわば当然のことを思いつかなかった自分に彼は愕然としつつも、神津のアドバイスに従い着替えをキープするようになった。

それからの遠宮は、通勤時間こそ高円寺にずらせと命じはするものの、高円寺の部屋に泊まるようになったのだが、諍いをしたときには彼は、以前のように高円寺の気づかぬうちに布団を抜け出し、帰宅してしまうのである。

高円寺にしてみれば、遠宮と諍いをしたという記憶がまるでなく、なぜ彼が怒って夜が明けるより前に帰宅したのか、その原因には一ミリも思い当たることがなかった。

署に出た途端、怒りも露わな彼から強烈な嫌味の応酬を受け、苦手な報告書作成を強《し》いられたわけであるが、本当に一体何が遠宮の怒りを買ったのだろう、と高円寺はボールペンを咥《くわ》え、昨夜のやり取りを思い起こした。

思いつくのは、上条からの誘いを受けたことくらいだが、その飲み会に高円寺は一人で参加しようとしたわけではなく、当然遠宮も連れていくつもりだった。遠宮にとって高円寺の友人やその恋人たちと過ごす時間は苦痛なのだろうか、と高円寺は飲み会の席での遠宮の姿を思い浮かべる。

確かに最初の頃は、なかなか馴染めずつまらなそうな顔をしていたと記憶しているが——そして気にしいの神津をはらはらさせていたとも思うが、最近では遠宮もすっかり皆とうち解け、楽しそうに過ごしていると高円寺は見ていた。

遠宮は性格上、無理をして楽しく見せる、ということは絶対にしない。他人の目に自分がどう映っているのかを気にするという神経がすっぽり抜けているのだ。性格も何もまるで違う高円寺との間で唯一の共通点とも言うべき彼のその性質を知っているだけに高円寺は、本当に遠宮が何を不満に思ったのか、心の底からわけがわからねえ、とボールペンを咥えたまま首を傾《かし》げた。

と、そのとき、一一〇番通報センターからの連絡用の電話が鳴り響き、高円寺ははっとして立ち上がり、すぐにその応対に出た遠宮の傍《そば》へと駆け寄っていった。

「はい、新宿西署。え？　殺人事件？」

遠宮を取り囲み、彼の部下たちが皆、固唾《かたず》を呑《の》んで遠宮を見守っている。

「場所は麴町《こうじまち》、殺されたのは西門《にしかど》ローン社長の西門英人《ひでひと》、現場は彼の自宅、了解。すぐ捜査員たちを向かわせます」

遠宮の電話を聞いている最中、気を利かせた部下の一人がパソコンで西門ローンの社長の住所を検索し、プリントアウトする。

「聞いたな？　場所は麴町だ」

「住所、ここです！」

あっという間に皆の分まで地図をプリントアウトしたのは、山辺《やまべ》という若手刑事だった。納に可愛がられている彼は、この手のちょっとした気遣《きづか》いが得意で、飲み会もよく幹事を任されるものの、小器用なだけに伸び悩んでいる若者である。

「そうだ、ここだ。本庁も早々に向かっているそうなので、現場に急行してくれ。他殺であることは明確だそうだ。急げ！」

「わかりました」

「いってきます！」

口々に勇ましい声を上げながら、刑事たちが部屋を飛び出していく。

「行こうぜ、サメちゃん」

高円寺もまた、いつもペアを組んでいる後輩刑事に声をかけ「はいっ」と元気よく答えた彼と共に部屋を飛び出そうとしたそのとき、

「高円寺さあん！　僕も行きますぅ！」

高まっていた緊張感が一気に解けるような桜井の甲高《かんだか》い声が響き渡ったのに、高円寺はずっこけそうになりながらも、やれやれ、と彼を振り返った。

「宣言はいいから、早く覆面《ふくめん》に乗り込めや」

「はい！　ツーショですね！」

嬉《うれ》しそうな声を上げる桜井に「スリーショだ」と言いながらも高円寺がちらと遠宮を振り返る。

「早く行け！」

予想どおり、不機嫌極まりない顔をしていた遠宮は、桜井と高円寺、それにとばっちりを食った納を怒鳴りつけると、彼らにくるりと背を向け自席へと戻っていった。

「課長、こわあい」

桜井が更に遠宮の怒りを誘うような呟きを口にし、高円寺と納、二人に睨まれる。

「え？」

「いいから早く行けや。運転はお前だぞ」

「えー、無理ですぅ。僕、ペーパードライバーですもん」

「いいから早く行けって」

納の言葉に桜井がぷう、と頰を膨らませる。そのやりとりに遠宮が怒りを爆発させようとした気配を察した高円寺は、二人の背を追い立て刑事部屋を飛び出した。

「高円寺さあん、どうしたんですかあ？」

およそ人の顔色を見ることなどできないのは、彼も一緒か、と内心溜め息をついていた高円寺に向かい、桜井がさも不思議そうに顔を見上げてくる。

「どうでもいいからよ、現場に急ごうぜ」

これ以上悩みを増やさないでくれ、と心の中で悲鳴を上げながらも高円寺はそう桜井を促すと、気持ちはわかります、と言いたげな納に、ありがとよ、と視線を投げかけ、三人して覆面パトカーへと向かったのだった。

2

「おつかれ、高円寺さん、どうしたの？　その顔」

現場に到着した途端、高円寺は馴染みの監察医、栖原秋彦《すはらあきひこ》に呼び止められ、ミミズ腫れの走るその顔を指摘された。

「俺の顔はどうでもいいや。それよりガイシャは？」

話題を逸《そ》らそうとしたわけではないが、問いかけた高円寺に、監察医は——みどりの黒髪を腰まで垂らした美丈夫《びじょうふ》である。自称他称バイであり、高円寺からは『エロ河童《がっぱ》』の称号を拝命している栖原は肩を竦めると、被害者である西門英人の死亡状況を説明し始めた。

「死因は撲殺《ぼくさつ》。凶器は室内にあったブロンズ像。ミケランジェロの『ダビデ像』のレプリカだ。凶器は遺体の傍に転がっていたよ。ああ、鑑識さんが、指紋採取はできなかったと言ってたっけ」

すらすらと状況を説明した栖原はここで言葉を途切れさせると、

「なんだ？」

と問いかけてきた高円寺ににやつく顔を近づけてきた。

「なんだよ」

「死因としちゃあ、疑いを挟む余地は一ミリもない。けど、状況的にはスキャンダラスな予感がするな」

「スキャンダラス？」

何が、と問う高円寺に、

「それはご自分の目で判断なさったら？」

と栖原が笑う。

「思わせぶりな男はモテないぜ」

「モテすぎて困ってるくらいだからね。モテないくらいがちょうどいい」

あはは、と栖原は笑ったが、すぐに『思わせぶり』な発言の説明をし始めた。

「西門社長はバスローブ姿で殺されてるんだよ。玄関の鍵も壊された形跡がないし、どうやら奥さんの留守中に愛人を引っ張り込んだんじゃないかって話を鑑識の井上《いのうえ》さんがしていたよ」

「……なるほどね」

鑑識の井上というのは去年の新人で、古参《こさん》の鑑識係の間では浮いていたが、洞察力は素晴らしいという評判の男だった。彼が評判なのは実力以上にその美貌《びぼう》があった。栖原同様バイであり、ビッチと呼ばれるに相応《ふさわ》しい行動範囲の広さを持つことが既に警察署内で評判になっているという、なかなかに特徴的な鑑識係なのである。

高円寺も井上から、コナをかけられたことがあった。殺害現場でのアプローチには、呆《あき》れるを通り越し唖然《あぜん》としてしまったものだが、それでも鑑識係としての彼の眼力には一目置いていたために、井上の姿を探し周囲を見回した高円寺に、栖原の面白がっているとしかいいようのない声が飛ぶ。

「ま、気をつけて。井上は高円寺さんを落とすと豪語しまくってるからさ」

「なんじゃそりゃ」

呆れた声を上げた高円寺の背後には、

「信じられない〜！」

と絶叫する桜井と、やれやれ、と言いたげに肩を竦めた納の姿があった。

「ともあれ、撲殺には間違いないってことだよな」

念を押した高円寺に、栖原が「ああ」と答えたそのとき、

「あ、高円寺さん！」

という艶っぽいとしかいいようのない声が辺りに響き、高円寺の、そして桜井と納、それに栖原の注目を攫《さら》った。

「いい加減に高円寺さんのデカマラ、しゃぶらせてくださいよう」

ここにまた一人、人目を気にしない男がいた、と高円寺が天を仰ぐ台詞《せりふ》を口にしたのは、今まで話題の的であった井上だった。絶世の美貌の持ち主ではあるのだが、言動が突飛《とっぴ》すぎるゆえに皆に引かれている鑑識係である。

「……それより、事件の概要を説明してくれや」

股間にこれでもかというほどの視線を感じつつ、高円寺はそう言うと井上を見やった。

「フェラチオさせてくれたら喋ります」

「フェラは好きじゃねえんだよ」

「うそぉ」

甘える声を上げる井上に、これ以上はカンベンしてくれ、という視線を高円寺が向ける。途端に井上は、

「仕方ないなあ」

と溜め息をついたかと思うと、渋々といった様子を隠そうともせず、現場の状況を説明し始めた。

「室内は物色された様子はまるでなく、顔見知りの犯行か、もしくは結果として顔見知りと思わしめるような犯行ではないかと思われます」

「結果としてというのはどういう意味だ？」

問いを挟んだ高円寺に、井上はかっちりと視線を絡ませながら、彼の見解を喋った。

「つまりは、顔見知りの犯行と特定すべきだけの材料がないのです。現場からは今のところ、犯人の遺留品も指紋も、発見できていません。すべて綺麗《きれい》に拭《ぬぐ》われています。我々鑑識係が申し上げられるのはそれだけです」

「妻の留守中に愛人を引っ張り込んだんじゃねえかと、言ってたそうだが？」

高円寺が先ほど栖原から聞いた話を持ち出すと、井上は「ああ」と笑って肩を竦めた。

「朝っぱらだというのに、西門社長がシャワーを浴びたばかりのバスローブ姿だったということ、その姿で社長が犯人と思《おぼ》しき人間と対面していたということから推察しただけです」

「対面していたという根拠は？」

「電話だそうですよ。遺体は携帯電話を握ってました」

「電話？」

詳しい話を聞こうとした高円寺に向かい、井上はまた肩を竦めてみせると、

「あまり鑑識係が出しゃばるのもなんですから」

と、嫌味とも思われかねない一言を残し「それじゃ」とその場を立ち去っていった。

「何が、高円寺さんのデカマラだよう。見たことあるのかよう」

桜井が憤った声を上げるのを、まあまあ、と高円寺が宥《なだ》める。井上は桜井が彼を睨み付けていたために退散していったらしい。

「おい、電話ってどういうことだ？」

周囲に向かい声を張り上げた高円寺に、

「それは私が」

と、制服姿の警官が手を挙げ近づいてきた。一一〇番通報を受け、最初に到着した近所の派出所の警官で、田中《たなか》と名乗った彼は、事件発見の状況をきびきびと説明し始めた。

「一一〇番通報をしてきたのは、西門社長の奥さんが乗っていたタクシーの運転手でした。奥さんは昨夜実家に泊まり、今朝タクシーで帰宅したんですが、途中被害者から奥さんの携帯に電話が入ったそうです。その応対中に被害者は殺されたようなんです」

「へえ」

そんなドラマのようなことが実際にあるのか、と思い相槌《あいづち》を打った高円寺に田中は、

「できすぎている感はありますが、事実のようですよ」

と高円寺の心を読んだことを言い、報告を続けた。

「運転手が言うには、後部シートで急に奥さんが『どうしたの？　あなた？』と騒ぎ始め、すぐに『急いで』と指示されたそうです。その際、奥さんの口から、『通話中に主人が何者かに

殴られたようだ』という説明が運転手にされています。それから約二十分後にタクシーはこの家へと到着したんですが、奥さんは運転手に、一緒に中に入ってほしいと頼み、二人してリビングへと入ったところで遺体を発見、奥さんに頼まれて運転手が一一〇番通報した、ということでした」

「……ふうん」

やはりドラマ仕立てだ、と唸《うな》る高円寺の横から納が、

「運転手から話、聞きますか？」

と顔を覗《のぞ》き込んでくる。

「奥さんは酷く取り乱してますが、運転手は冷静ですので、詳しい事情が聞けるかと思います」

田中はきびきびとそう言うと、「こちらです」と高円寺と納、それに桜井を伴い、部屋の隅で所在なさげに立っていた、中年男のもとへと連れていった。

「Tタクシー勤務の菅沼《すがぬま》さんです。菅沼さん、こちら新宿西署の刑事さんたちです」

紹介の労まで執《と》ってくれた田中は「それでは」と敬礼し、その場を離れていった。

「刑事さん……」

菅沼がまず高円寺のミミズ腫れの残る顔を、続いて彼の、ヤのつく自由業にしか見えない服

装を見やり、ぼそりと呟く。

「おうよ。何度も同じ話させて悪ぃな」

刑事には見えないか、と高円寺は密かに苦笑すると、ポケットから警察手帳を取り出し菅沼に示したあとに質問を始めた。

「だいたいの話は今聞いてはきたんだが、もう一回、状況を聞かせてもらえねえかな」

「はい……」

高円寺のビジュアルに恐れをなしたわけではないだろうが、菅沼は厭う素振りも見せず、素直にすらすらと、今、高円寺が田中から聞いた内容を繰り返した。

それを聞いた上で高円寺が念押しの質問を始める。

「奥さんの実家は？」

「立川《たちかわ》です。十時に迎えに来てほしいという予約が会社に入り、私が向かうことになりました」

「で、ガイシャから……失礼、西門社長から奥さんの携帯に電話が入ったのが？」

「お乗りになってだいたい十分後くらいでした。奥さんはすぐに応対に出て、今さっきタクシーを乗ったというような話をされてました」

「電話は旦那からだったのかい？」

「……多分……私も聞き耳立ててたわけじゃないですから話の内容までは把握《はあく》してませんが、最初に電話に出たときに『あら、あなた』というような呼びかけをしていたような気がします」

「電話がきて、どのくらい時間が経ってから、西門社長は殴られたんでしょう？」

今度は納が菅沼に問いかけると、菅沼は少し考える素振りをしたあと口を開いた。

「……はっきりした時間はわかりませんが、結構早いタイミングだったと思います。これから帰る、今夜はどうする、みたいな話をしていたかと思うといきなり、『もしもし？』と大きな声を上げられたので……」

「大きな声で電話に呼びかけたあと、菅沼さん、あんたに『急いでくれ』と言ったんだったな？」

高円寺の問いに菅沼は「はい」と頷き、先ほど話したとおりの言葉を繰り返した。

「『今、電話中に主人が倒れた。どうも誰かに殴られたようだ。なので急いでほしい』と。すごい剣幕《けんまく》でしてね。私もびっくりしちゃったんですが、高速に乗るまでの道が渋滞してましたんで、下を飛ばしてようやく麴町に到着したんです」

「その間の奥さんの様子は？」

今度、菅沼に問いかけたのは桜井だった。まるで子供のような桜井の姿を菅沼は一瞬びっく

りしたような顔で見やったが、すぐに彼も刑事とわかったらしく、

「そうですね……」

と考え考え口を開いた。

「酷く動揺されてました。ときどき電話に向かって『もしもし？』と何度も呼びかけたり、外を眺《なが》めて『まだなの？』と私を急《せ》かしたり……」

「この家に到着したあと、あんた、奥さんと一緒に中に入ったんだよな」

高円寺が問いを挟むと菅沼は「ええ」と頷き彼を見た。

「奥さんに頼まれたんだったよな？」

「ええ、もしかしたらまだ犯人が中にいるかもしれない。一人だと怖いから一緒に来て、と言われたんです。私だって怖い、と腰が引けてたんですが、『嫌です』とはさすがに言えなくて、奥さんのあとをおっかなびっくりついていったんですよ」

「それで遺体を発見した、と」

「はい」

頷いた菅沼は、発見時の状況を思い出したらしく、ぶるっと身体を震わせると、ぞっとしたような表情になり言葉を続けた。

「リビングの真ん中に、男が倒れてました。バスローブ姿でね。頭から血が流れてて、ぴくり

とも動かないし、何よりもう顔が生きてる人の顔じゃなかった。カッと目を見開いててね。言っちゃなんですが、もう気味が悪くて悪くて……」

当分夢に見そうです、と顔を顰《しか》める菅沼の肩を、高円寺は災難だったな、というようにぽんぽんと二度叩くと、

「で？」

と話の続きを促した。

「そのあと奥さんに頼まれて、一一〇番通報しました。携帯を車においてきたもので、建物を出て車内から電話はかけました。奥さんに頼まれたもんで、一応、一一九番にもかけたんですけど、奥さんは私なんかより近くで遺体を見たんだから、死んでるってことはわかりそうなものだとは思ったんですが、それを指摘はできなかったですねえ」

「近くで遺体を見たということは、奥さん、遺体に駆け寄ったんですか？」

納が菅沼に確認を取る。

「ええ、遺体を見つけた瞬間、駆け寄ってました。遺体を揺さぶってもいたと思います」

菅沼はそう答えたあと、「しかし」と何かを言いかけたが、口を閉ざした。

「なんでえ？」

何を言おうとしたのか、と高円寺が彼に突っ込む。

「あ、いえ……」

菅沼はバツが悪そうな顔になると、どうしようかなというようにまた口を閉ざしたが、高円寺の睨みには恐れをなしたようで、渋々口を開いた。

「別にあの奥さんに対して思うところはまったくないんですが……」

「だからなんだよ」

それでも言い訳めいたことを口にする菅沼に苛立《いらだ》ちを覚え、高円寺が先を促す。

「……いえ、なんていうか、ちょっと違和感あったもんで」

「違和感？」

問い返した高円寺に、思い切りがついたらしい菅沼はすらすらと答えを口にした。

「怖いから一緒に中に上がってほしい、と言った割には、奥さん、ずんずん入ってくし、遺体を発見したあとも、頭がぱっくり割れて血が流れてるのが見えるのに、なんの躊躇《ためら》いもなく駆け寄っていくしで……ちっとも怖がってなんかないじゃないか、と思ったんですよね。まあ、最初に車に乗ったときの印象が、あんまりよくなかったもんで、それで意地悪な見方になってるのかもしれませんが……」

『思うところはない』と言った割には、実際『思うところ』があった発言となった菅沼は、それに自分で気づいたようで、更にバツが悪そうな顔になり頭を掻《か》いた。

「奥さん、感じ悪かったのか？」

高円寺が声を潜《ひそ》めて問いかける。

「感じ悪いって言うか……そうですね。愛想はなかったです。立川から麴町なんて結構な長距離なもので、有り難いことですと礼を言いがてら天気の話なんかを振ったんですが、ぶすっとしたまま返事もしなくて」

「なるほど。確かに感じ悪いわな」

タクシー運転手のお喋りに閉口することはときにあるが、だからといって返事もしないのでは、悪印象を持たれても仕方がないな、と思い頷いた高円寺の同意が嬉しかったのか、菅沼は「それに」と更に彼の得た悪印象を語り始めた。

「それなら、と思い、ラジオをかけたんですよ。そしたらいきなり『ラジオを止めて』と言ってきましてね。眠いのかと思ったらそうでもなさそうで、なんだあ？　と思ってたところに、電話がかかってきたんですよね」

「へえ、タイミングがいいな」

高円寺の相槌に菅沼が、

「言われてみりゃそうですね」

と相槌を打つ。

「奥さん、電話がかかってくることがわかってたのかい？」

「さあ、それはないと思いますよ。『あら、あなた、どうしたの？』とかなんとか、驚いた声、出してましたから」

「で？」

先を促す高円寺に菅沼は、電話の内容を喋り出した。

「ええ。最初は、今、車に乗ったところだの、三十分で着くだろうだの、そういう話だったんですよ。それが急に『あなた？　あなた？』って騒ぎ始めて……」

先ほど菅沼は電話の内容を殆《ほとん》ど聞いていないと言っていたが、それはどうやら客の電話に聞き耳を立てているなどと思われたくないという彼の心理だったらしい。結構詳細まで聞いていたんだなと高円寺が内心苦笑していたとき、

「あのぉ」

と高円寺と納の後ろから、桜井が声をかけてきた。

「はい」

「なんだ」

「どうした？」

返事をした菅沼の声と、高円寺と納の疑問の声が重なる。三人の視線を一気に浴びることに

なった桜井は、一瞬たじろいだ顔になったがすぐまた「あのぉ」と口を開いた。

「なんでそのときに救急車を呼ぶって話にならなかったんでしょう？」

「え？」

「お？」

「ああ、そういやそうか」

またも菅沼が上げた疑問の声と、高円寺と納がそれぞれに上げた納得の声が重なる。

「旦那さんが殴られたってわかったんなら、その時点で警察とか、救急車とか、呼ぶって発想にはならなかったんですかあ？」

語尾は伸びているが、着眼はいい、と高円寺が感心して頷く。桜井は父親が警察庁のお偉方であり、新宿西署への配属はその縁故を使ったものなのだが、実際彼の警察学校時代の成績は意外にも良かったのだった、と高円寺は彼の履歴書を思い出していた。

心ない者は、どうせ教官が父親に気を遣い、いい成績をつけたのだろうと陰口を叩いていたが、行動は突飛な上、実務能力は著しく低いものの、頭の回転はそう悪くない、というのが高円寺が今までに抱いていた桜井の印象だった。

今回もそんな頭の回転の良さを発揮した桜井の問いに、菅沼は、

「そう言われれば……」

と、指摘を受けて初めてそのことに気づいた、というリアクションをみせた。

「そうですよねえ……ああ、少しも気づかなかった。奥さんに『早く早く』と急かされ、麴町に到着することだけを考えてました」

「気が動転してたんでしょう。仕方ないですよ」

納のフォローに菅沼が乗っかる。

「確かに動転してました」

と、そのとき再び桜井が「あのぉ」と声をかけてきたのに、菅沼と納、それに高円寺の注目が彼へと集まった。

「はい？」

「電話は向こうからかかってきたんですよね？　奥さんからかけたわけじゃなく」

「ええ、そうです。着信音が響いてましたから」

確か、男性アイドルの着歌だったと思う、と菅沼は曲名を言い、それが、というように桜井を見た。

「奥さん、正確にはなんて言ったか、覚えてます？　『主人が殴られたみたいだ』と本当に言いました？　『主人が倒れたみたいだ』じゃなく？」

「ええ。確かに『殴られた』と言ったと思います。『倒れた』も言ってましたが『殴られた』

も言ってました」

「そうですかあ」

うーん、と桜井が唸るのに納が「なんでそんなこと聞くんだ？」と彼の顔を覗き込む。

「『殴られた』音ってどういう音なのかなあって思ったんですよぅ。『倒れた』ならまだなんとなく、想像つくんですけどぉ」

「ああ、なるほど」

納が納得した声を上げ、高円寺を見る。

「……まあ、そのあたりは電話を受けた西門夫人に話を聞くしかないな」

高円寺もまた桜井の着眼に感心していたものの、言葉ではそう言い、肩を竦めてみせた。

菅沼に礼を言うと高円寺と納、それに桜井は、自室で休んでいた西門夫人、美智子《みちこ》に事情聴取を試みた。美智子は未だにショックから抜け出せていないと言いながらも、犯人逮捕のためには協力したいということで、三人は彼女の自室へと招き入れられることになった。

「……本当にもう、びっくりしてしまって……」

美智子の顔色は悪かったが、きっちりとしたメイクがその顔色の悪さを目立たなくさせていた。一目で水商売上がりとわかるメイクだ、と思いながら高円寺はお悔やみを口にし、事件発覚までの事情を聞き始めた。

「昨夜はご実家に泊まられたとか」

「はい。海外に嫁いだ妹が子供を連れて戻ってきているので、顔を見に来いと言われて……主人は私が家を空けることをあまり歓迎しないんですが、そういった事情なら仕方ないと許してくれました」

西門社長の遺体はどう見ても五十代後半であったが、妻の美智子は二十代半ば、いって三十ジャストに見える。再婚だろうか、とそのあたりの事情も聞くか、と高円寺は質問を変えた。

「ところで失礼ですが、ご主人と結婚されたのは?」

「……一年前です」

なぜ今それを、と言いたげな顔で美智子は答えると、問いを重ねようとする高円寺の先回りをし、感情的とも言える口調で話し始めた。

「因《ちな》みに私は初婚ですが西門は再婚です。西門の前妻は三年前に亡くなってます。私は西門が通っていたクラブのホステスで、去年プロポーズされて結婚しました。そのことが何か事件と関係があるとは思えませんが」

「いや、我々もそのようなつもりでは……」

高円寺の横から、穏健派の納がフォローを入れようとする。が、高円寺は彼の声にかぶせ、新たな質問を発していた。

「電話の内容を教えてください。何時頃かかってきたか、覚えてますか?」

「………」

己の言った嫌味がまったく響いていないことにむっとしてみせはしたものの、さすがもとホステスと言おうか、すぐにそのむっとした表情を引っ込めると、美智子は淡々と状況を説明し始めた。

「午前十時にタクシーを予約し、ほぼ時間どおりやってきたその車に乗り込んでから、五分だか十分だかしたあとに電話がかかってきましたから、午前十時五分から十分頃だと思います」

「内容、詳しく覚えてますか?」

「……ええ、まあ……」

美智子は考える素振りをしながら、ぽつぽつと言葉を続けた。

「『今、どこにいる?』と聞かれたので、家に戻るタクシーの中だと答えました。三十分ほどで到着すると言うと、主人は『わかった』と言ったんですが、その直後にどたどたと何か争うような気配がしたと思うと『うっ』という主人の悲鳴が聞こえて……」

そのあと、どさりと倒れ込んだ音がした、と話す美智子の顔面は蒼白《そうはく》で、唇はわなわなと震えてさえいたのだが、どうもわざとらしいな、という感想を、高円寺は、そして顔を見交わした納もまた抱いていた。

「あのぉ」

と、そのときまたも桜井の、語尾の伸びた緊張感のない声が響き、高円寺と納の、そして美智子の注目を攫った。

「はい？」

美智子が訝《いぶか》しげに眉を寄せ、スーツを着た子供にしか見えない桜井を、じろじろと無遠慮に見返す。

「あのぉ、ご主人が殴られたことがわかってるのに、どうしてすぐ、警察や消防に連絡を入れなかったんですかぁ？」

「え？」

美智子がはっとした顔になり、息を呑む。様子がおかしい、と思ったのは高円寺だけでなく、彼に視線を向けてきた納もだったのだが、桜井は美智子の動揺にまるで気づいていないという様子のまま、問いを重ねていった。

「ですからぁ、ご主人が何者かに殴られ、倒れたってことが電話越しにわかったんですよね？　そしたら普通、一一〇通報するとか、救急車呼ぶとかしませんかぁ？　それにぃ……」

「普通って、普通にそんなこと、あり得ないでしょう!!」

桜井が尚も言葉を続けようとしたのを、苛ついていることを隠そうともしない美智子の声が

遮った。

「あぁ、そうか。そうですよねぇ」

「あぁ、もう気分が悪いわ。横になりたいので出ていってもらえますか?」

なるほど、と膝《ひざ》を打った桜井の前で、美智子は甲高い声でそう言うと、三人を部屋から追い出しにかかった。

「大丈夫ですかあ？」

誰が彼女をそうも怒らせたのか、おそらく室内で唯一理解していない男、桜井が、呑気《のんき》ともとれる声を上げ、美智子の顔を覗き込む。

「大丈夫じゃないから、出ていってって言ってるのよ！」

金切り声を張り上げた美智子にまた桜井が、「あ、そうか」と膝を打つ。

「いいから行くぞ」

見かねた納が彼を促し、いいですよね、というように高円寺を見た。

「ご主人を亡くされてショックを受けられているところ、失礼しました。落ち着かれたらまた、お話聞かせてください」

高円寺が怒りに肩を震わせている美智子に声をかけ、彼女の返事を待たずに「行こう」と納に返事をする。

「失礼します」

「失礼しましたあ」

納と桜井、それぞれが美智子に挨拶《あいさつ》し、あまりに明るい桜井の声に鬼《おに》の形相になった彼女を残して三人は部屋を出た。

「高円寺さん、女の人には優しいんですねえ」

部屋を出、桜井に注意を促そうと振り返った途端、その桜井にそう言われ、高円寺は「へ?」と思わず問い返してしまった。

「だってあの奥さん、全然ショック受けてるっぽくなかったじゃないですかあ」

「……お前……」

桜井がまたも鋭いことを言い出したのに、高円寺と納は二人して顔を見合わせたあと、改めて桜井を見やった。

「だからあんな質問を?」

まさかな、と思っているのがありありとわかる口調で納が桜井に問いかける。

「はい、そうですけど?」

それが何か、とごくごく当たり前のように目を見開いた桜井を前に、またも高円寺と納は二人して顔を見合わせ、なんともいえない思いで頷き合った。

「なんですかあ？　気持ち悪いなぁ……」

「なんでもねえよ。まずは現場周辺の聞き込みに行こうぜ」

口を尖《とが》らせた桜井の背を高円寺が促す。

「聞き込みって、何を聞き込めばいいんですかぁ？」

「何って……」

またも、ごくごく当たり前のように問い返してきた桜井を見て、納と高円寺、共に絶句し顔を見合わせたのに、

「なんですかぁ？」

と桜井が二人の顔を覗き込む。

「サメちゃん、あとは任せた」

「えー!?　カンベンしてくださいようっ」

「いやですぅ！　僕、高円寺さんがいいですぅ」

もうやってられねえ、と、高円寺は桜井を納に押しつけようとしたのだが、二人から同時にクレームがついたことに彼は、やれやれ、と肩を竦めた。

「しゃあねえなあ。わかったよ」

渋々であることを隠そうともせず、それどころかアピールさえしながら高円寺が桜井へと指

導を始める。

「聞き込む内容は、不審な人物の出入りだ。特に『出る』ほう中心に聞き込んでくれ。死亡推定時刻は、ええと、いつだったかな？」

高円寺がここで周囲を見渡し、監察医の栖原を捜す。

「一応、奥さん宛に被害者からの電話が入ったのが十時十分頃ということでしたよね。それが本当なら、死亡推定時刻はその辺りなんじゃないかと……」

栖原より前に答えたのは、『何を聞き込めばいいのか』などという質問をぶつけてきた桜井だった。

「まず、その電話が本物かを調べる必要がありますね」

「ごもっとも」

その上、高円寺がそう感心するしかない指摘をした彼の肩を高円寺は「それは任せた」と叩くと、納に向かい「行くぞ」と声をかけ二人して被害者宅を出ようとした。

「待ってくださいよう。僕も聞き込み、やりたいんですけどぉ」

慌ててあとを追ってくる桜井を、

「お前は電話の係だ」

と高円寺が追い返そうとする。

「えー、電話の通話記録って、どうやって調べればいいんですかあ？」

それを人に聞くな、というようなことを、さも当然のように問いかけてくる桜井に、高円寺はがっくりと肩を落としてしまいながらも、同じように肩を落とした納と顔を見合わせ溜め息をつき合うと、仕方がない、と二人して桜井へと向き直り、

「それはなあ」

「そのくらい覚えておけよ」

と口々に彼への指導をし始めたのだった。

3

『金融会社社長殺人事件』の捜査本部が新宿西署に設置され、午後五時から捜査会議が、警視庁の刑事たちと、東京地検の捜査検事立ち会いのもと、開かれることになった。

「まずは被害者について説明します」

会議の議長を務めるのは、刑事課長である遠宮だった。警視庁からは馴染みの刑事が出席し、頼もしいことこの上ないという印象を高円寺はじめ西署の面々に与えていたが、まだ捜査本部が立ったばかりであるのに、東京地検の鬼検事、三木《みき》が出席していることには、その厳しさを知っているがゆえ皆が戦々恐々といった面持ちで会議に臨んでいた。

「西門英人、五十六歳、金融会社『西門ローン』のオーナー社長だ。業界内の評判は良いとはいえないものの、逮捕歴はない。死亡推定時刻は本日午前十時過ぎ。根拠は司法解剖の結果と、妻の証言による。妻は西門美智子、三十歳。再婚で一年前に西門家に入った。昨日は実家に戻る用事があり、実家に宿泊。本日午前十時に立川にある実家にタクシーを呼び、麹町の自宅に戻る途中、夫である被害者から電話が入り、その通話の最中何者かに殴り倒されたようだ、という証言を彼女から得ている」

すらすらとそこまで事件の経緯を説明した遠宮は、事件発覚の状況説明より前に、西門社長と妻、美智子の人となりや関係へと話題を振った。

「被害者の西門英人周辺はかなりキナ臭いものの、先ほども述べたが逮捕歴はない。菱沼組《ひしぬまぐみ》系三次団体の木村組《きむらぐみ》と密接な関係にあることがわかったが、金で繋がっているだけの付き合いで関係も希薄かつ良好ゆえ、今回、暴力団絡みの事件ではないと思われる。暴力団員を使っての取り立てがかなり強引だったので、顧客からはかなりの恨みを買っているという話だ。まずは顧客名簿に載っている人間から当たってもらうことになる」

遠宮はここまで言うと、周囲を見渡したあと、質問と手が挙がるより前に再び口を開いた。

「続いて第一発見者でもある妻の美智子だが、西門と結婚する前は銀座《ぎんざ》の高級クラブで雇われママをしていた。結婚して一年だが、夫婦仲についてはあまりいい評判を聞かない。まだ確証はないが、互いに愛人がいたという専《もっぱ》らの噂《うわさ》だ。その裏付けも先ほどの顧客の洗い出しと共に併行《へいこう》して行っていく。それでは続いて、事件発見状況を、納刑事に説明してもらう」

遠宮の指示で納が「はい」と立ち上がりながら、ちらと高円寺を見る。遠宮が高円寺を敢えて無視したのを察したためなのだが、高円寺が気にするな、と片目を瞑《つむ》ってみせると頷き、手帳を捲《めく》りながら発表を始めた。

「第一発見者は妻の美智子と、彼女が実家から乗ってきたTタクシーの菅沼運転手の二人です。一一〇番通報をしたのは菅沼です。菅沼と美智子、両者から聞き込んだところ、菅沼の運転するタクシーで美智子が帰宅途中、彼女の携帯にガイシャから電話が入った。通話が始まって間もなく、美智子が『主人が誰かに殴られて倒れたようだ』と騒ぎ出し、菅沼を急がせ帰宅、そこでガイシャを発見したそうです。ガイシャは撲殺、凶器は部屋に飾ってあった、ブロンズの『ダビデ像』のレプリカでガイシャの近くに放られていました。争った形跡は見られず、玄関の鍵は開いており、壊されてもいません。周辺を聞き込みましたが、犯行時刻前後に、西門邸に不審な人物の出入りがあったという話は得られませんでした。また、ガイシャがシャワーを浴びたばかりであり、バスローブを着用していたことから見て、妻の留守中に愛人を連れ込んだのではないかという可能性が考えられましたが、やはり女性の出入りも確認できていません」

「部屋の様子は？　争ったような形跡はないとのことですが、室内は形だけでも物色されていた、という形跡はありましたか？」

納が息をついたところに、検事の三木の質問が飛ぶ。

「いえ、ありません。因みに凶器からも室内の家具や部屋のドアノブもすべて、指紋は綺麗に拭き取られています。犯人の痕跡《こんせき》は今のところ一つとして見つかっていません」

「被害者の妻が電話を受けてから、殺害現場に到着するまでの所要時間は？」

三木の質問が続く。

「二十分から三十分の間です」

「そもそも電話は本当に被害者から妻にかかってきたのか？　妻の演出という可能性は？」

三木の指摘に納は、「それは」と言いかけたが、すぐに口を閉ざすと横に座っていた桜井に「おい」と声をかけた。

「はい？」

桜井が、何、というように納を見上げて、上げた声と、

「なんだね」

という三木の厳しい声が重なる。

「通話記録について、お前が発表しろ」

気づいたのは桜井ゆえ、彼に発表させてやろうと納が配慮したのは、以前三木が桜井に対し、使えないという目をあからさまに向けていたことを思い出したためだった。名誉挽回《ばんかい》のチャンスだ、と納が桜井の背を叩く。

「は、はい」

桜井は納の心遣いがわかっているのかいないのか、あたふたした様子で立ち上がり、普段以

上に甲高い声で発表を始めた。

「あ、あの、通話記録を調べたところ、確かに被害者の携帯から妻の携帯に、十時八分に電話をかけていたことがわかりました。被害者の携帯は被害者の手の中にあり、ずっと通話中になってました」

「妻の証言には信憑性《しんぴょうせい》があるということか？」

三木が厳しい目で桜井を見据え、問いかける。

「あ、あの……」

迫力に押されたのか、はたまた以前厳しい対応をされたことがトラウマになってしまっているのか、桜井がすっかり萎縮《いしゅく》し言葉を失った、そんな彼に助け船を出したのもまた、納だった。

「少なくともガイシャが妻に電話をしたことは間違いなさそうです。しかし、妻の証言には少し疑問が残ります」

「疑問？」

すかさず三木が突っ込んでくる。納は「はい」と頷くと、またも桜井をフォローするような発言を始めた。

「美智子は、ガイシャが殴られて倒れたようだ、と運転手の菅沼に告げています。ですが、倒れた気配というのはわからないではないものの、殴られた気配というのが電話越しに伝わるだろうかという疑問を桜井が持ちまして」

「だが、通話記録は美智子の証言を裏付けている。疑問解消だろう」

せっかくの納のフォローを三木はいとも簡単に突き崩すと、視線を遠宮へと向け厳しい声を上げた。

「概略、理解しました。遠宮課長の立てられた捜査方針が最適かと私も判断します。顧客リストと二人の周辺、主に愛人関係にあった人間の捜索、双方よりの捜査をするように」

そう指示を出すと三木は「帰ります」と言って立ち上がり、事務官を連れて会議室を出ていってしまった。

「相変わらず、仕切りますなあ」

本庁の刑事が苦笑し、京訛《なま》りの関西弁で遠宮を労《いたわ》ってくる。

「それが検事の仕事なのでしょう」

遠宮も気持ちは本庁の刑事に同調していたが、本人のいないところで悪口めいたことを言うのは潔くないと――本庁の刑事としては『悪口』のつもりはなく、所轄《しょかつ》とのコミュニケーションの一環としての会話のつもりだったのだが――つんと澄ましてそう言うと、視線を前方、彼らに注目していた会議の出席者たちに向け口を開いた。

「それでは二班に分かれ、捜査を開始する。西門ローンの顧客リストを当たる班、被害者の西門と彼の妻、美智子の周辺を愛人関係中心に当たる班、それぞれ聞き込みを開始してください。班分けは本庁の高梨《たかなし》警視にお任せします」

「わかりました。そしたら皆さん、前に集まってください」

本庁の刑事が立ち上がり刑事たちに声をかける。

「本庁と新宿西署、それぞれペアを組みましょう」

てきぱきとそれぞれの刑事に役割を振っていた本庁の警視も、高円寺の傍をべったり離れず、上目遣いにじっと自分を見つめる桜井に対しては手を焼いた。

「高円寺さんは私と被害者の周辺を、そして桜井さんはウチの竹中《たけなか》と共に、美智子の愛人関係を……」

「やですぅ。僕も高円寺さんと一緒がいいですぅ」

涙目になり訴えかけてくる桜井に、「しかし」と本庁の刑事が戸惑いの声を上げる。

「桜井、いい加減にしろ！」

気づいた遠宮が怒声を張り上げると、桜井はますます高円寺の腕をぎゅっと摑み、

「いやですぅ」

と泣きそうな顔になった。

「……おたくの竹中君に迷惑かけるのは目に見えてるからよ、こいつはコッチで面倒見るわ」

仕方がない、と高円寺が本庁の刑事に向かい、いやいやであることを隠そうともしない口調で肩を竦める。彼の傍《かたわ》らでは遠宮が、鬼の形相でそんな高円寺を、その腕に縋《すが》る桜井を睨み付けていた。

「相変わらず高円寺さんは、おモテになりますなあ」

ははは、と本庁の刑事が笑い、高円寺の肩を叩く。

「何言ってやがる。モテるのはお前だろう」

「いやいや、僕は嫁さん一筋やさかい」

照れる素振りも見せずに本庁の刑事はそう言うと、「サメちゃん、行こか」と納を誘い、会議室を出ていった。

「俺らも行くぜ」

高円寺が渋々桜井に声をかける。

「はい！　頑張ります!!」

念願叶い、高円寺とペアを組むことになった桜井は必要以上に張り切った声を上げ、傍に立つ遠宮の眉間《みけん》の縦皺《たてじわ》をこれでもかというほどに深めたのだった。

「高円寺さあん、どこに行くんですかぁ？」

桜井を覆面の助手席に乗せ、高円寺が向かった先は新宿二丁目のゲイバー『three《スリー》 friends《フレンズ》』だった。懇意にしている情報屋のミトモに、西門についてのネタを拾いに来たのである。

「あー、捜査中にお酒飲んじゃダメですよう」

それを知らない桜井が騒ぐのを、

「いいからついて来い」

と高円寺は促し、店のドアを開いた。

「あら、いらっしゃい……でも開店前よ？」

時間が早かったため、ミトモはカウンター内で仕込みをしていた。高円寺の姿を見て気安く声をかけてきた彼だが、その高円寺の後ろから桜井がひょいと顔を出したのには、

「あら」

と驚いたように目を見開き、どうしたのだと言いたげに高円寺を見た。

「今日は飲みに来たんじゃねえ。仕事だよ」

スツールに腰を下ろしながら、高円寺はそれが答えだ、とばかりにミトモを見た。

「仕事？」

桜井が疑問の声を上げながらも、高円寺の隣に腰を下ろす。

「ああ、西門ローンの社長の話？」

勘のいいミトモは、高円寺が用件を切り出す前に察することが多い。新宿で起こった事件で耳に入らないものはない、と豪語するだけのことはあるネットワークの広さを持つ彼の情報屋としての腕は確かであることから、高円寺は彼に全幅の信頼を置いていた。

「そのとおり。さすがだな」

今回もぴたりと当てたミトモに対し、感心した声を上げた高円寺に、

「まかせて」

とミトモは謙遜《けんそん》するでもなく胸を張ってみせたあと、何がなんだかわからないといった様子の桜井を放置したまま彼の握る『情報』を高円寺に提示し始めた。

「ぶっちゃけ、評判は良くないわ。殺したいほど憎んでるという相手もぞろぞろいるわよ。ただ、西門社長は用心深かったから、木村組のチンピラをボディガードに雇ってて隙《すき》を見せなかったそうよ。殺されたのは自宅って話だったけど、自宅も『セコム、してますか』だったんじゃない？　そういう話だったけど」

「ああ、そこじゃねえが、警備会社と契約はしてた。スイッチが入ってなかったから作動はしなかったがな」

高円寺の答えにミトモは「ふうん」と頷いたあと、

「コレ？」

とベタに小指を立てる仕草をした。

「聞きたいのはソレよ」

高円寺がその小指を指差し尋ねる。

「うーん、どうかしらねえ」

ミトモが腕組みをし、唸ってみせる。

「愛人、いたんだろう？」

「相当のスケベオヤジだったけど、決まった相手はいなかったんじゃないかしら。再婚した奥さんで懲《こ》りたらしくてさ」

「懲りた？」

意味がわからない、と問い返した高円寺に向かい、ミトモは心持ち身を乗り出すと、店内には三人しかいないというのに声を潜め話し始めた。

「奥さん、結婚は社長の金目当てだったらしくてさ、浮気現場ふんづかまえて、多額の慰謝《いしゃ》料《りょう》貰《もら》って離婚しようと目論《もくろ》んでるような女だったんですってよ。それでいて自分でも愛人作るような悪妻なもんだから、スケベ社長、女は深入りするもんじゃない、はした金でカタがつくような女しかもう、相手にしないと言ってて、実際そうしてたらしいわよ」

「ワンナイトオンリーってやつか」

「そ。五万十万でそのたびに違う女と遊んだほうがいいって豪語してたそうよ。プレゼント買ってやる必要もないし、結婚してってせがまれることもないし、安上がりな上に気分もラクだってさ」

「デリヘルか？　自宅に呼んでたのか？」

「用心深いから自宅なんかにゃ呼ばないわよ。常にホテル、しかもボディガードつきだったらしいわよ」

「……そうか……」

ミトモの話を聞き、今度は高円寺が腕を組んで唸り始めた。

「なに？」

小首を傾げ、問いかけたミトモに、高円寺が逆に問う。

「やっぱり決まった愛人、いたんじゃねえの？」

「自宅に呼ぶようなって意味ね。わかった。調べてみるわ」

パチ、とミトモがマスカラがこれでもかというほど乗せられた長い睫《まつげ》を瞬《しばたた》かせるウインクをしてみせる。

「おう、頼むぜ」

そう言うと高円寺は内ポケットから財布を出し、一万円札を二枚、ミトモに握らせた。

「毎度お世話さま」

「あ！　そういうことだったんだあ！」

そこでようやく状況を把握したらしい桜井が高い声を上げ、興味津々といった眼差しを高円寺とミトモ、代わる代わるに注いでくる。

「ヒサモ、あんた、このボーヤには手ぇ焼いてたんじゃないのぉ？」

ミトモが意地の悪い声を出し、わざとらしく高円寺の耳元に口を寄せながらも、充分聞こえるような声でそう囁《ささや》く。

「刑事として見所があることがわかったからよ、みっちり教育してやることにしたんだよ」

高円寺はそう言うと、先ほどのミトモの言葉に「ひどおい」と頬を膨らませている桜井を見て、やれやれ、という顔になった。

「……コレを？」

ミトモが呆れた目で桜井を見やったあと、眉を顰《ひそ》め高円寺に問いかける。

「……ながーい目で、見てやってくれ」

「ながーい目、ね」

懐かしいギャグねえ、とミトモが苦笑する。

「なんですか？　それ？」

懐かしすぎて桜井にはわからなかったらしく、またもミトモと高円寺、二人に問いかけるのを、

「いいから行くぞ」

と高円寺は急かし、二人は『three friends』をあとにした。

「あの人、情報屋だったんだあ」

桜井が店を振り返り振り返り、高円寺に問いかける。

「ああ、だがオープンにしてねえからな。人に言うなよ？」

サメちゃんはいいが、と注意を促した高円寺に向かい、桜井が嬉しげな声を上げた。

「えー！　僕は特別に教えてもらえたってことですかあ？」

「…………」

浮かれる桜井を前に高円寺は、早まったか、と内心後悔しつつも、

「いいか？」

と彼を見下ろし、先ほどミトモに言ったのと同じ言葉を繰り返した。

「お前には見所があるからな。いつまでも半人前でいるんじゃなくてよ、早く一人前の刑事に

なれるよう、ビシバシ俺が鍛えてやる。ミトモに紹介したのもそのためだ。お前も自覚を持ってよ、一日も早く一人前に……」

だが高円寺は最後まで言葉を続けることはできなかった。感極まった声を上げた桜井が、彼の首へと飛びつくようにして縋り付いてきたからである。

「高円寺さん、嬉しいっ」

「お、おい」

よせ、と高円寺は必死に桜井を引き剝がそうとしたが、桜井は、小さな身体のどこにそんな力が潜んでいたのだと思うような馬鹿力で、高円寺に抱きついたまま、離れようとしなかった。

「僕のこと、そんなに思ってくれてたなんて、感激ですようっ」

「だーからっ！　こういうところを直せって言ってんだよっ！」

離せ、と無理やり高円寺は桜井を引き剝がすと「行くぞ」と彼の先に立ち歩き始めた。

「行くってどこにですかあ？」

「木村組だよ。ボディガードしてたチンピラに話を聞く」

「ヤクザかあ。怖いなあ」

「…………」

あーあ、と溜め息をつく桜井を横目に高円寺は、またも内心、早まったか、と後悔の溜め息

をついたもののそれを態度には出さず、

「いいから行くぞ」

と桜井の後頭部をどつきながら、足を速めたのだった。


翌日、事件は新たな展開を見せた。きっかけは『名物鑑識』の井上の進言で、被害者である西門社長が握っていた携帯電話に付着していた指紋が不自然だというのである。

「どういうことだ？」

刑事課を訪ねてきた彼から話を聞いたのは遠宮だった。他の捜査員たちはすべて、聞き込みで出払っていたためである。

「あれ、高円寺さんは？」

刑事課に入った途端、井上はきょろきょろと辺りを見回し、高円寺の姿を探した。

「出払っている。彼に何か用か？」

一人残っていた遠宮が問いかけると、

「なんだ、留守か。せっかく高円寺さんに手柄《てがら》を立てさせてやろうと思ったのに」

井上は残念そうにそう言い、溜め息をついた。

「用が済んだのなら仕事に戻ったらどうです？」

井上が今、高円寺に猛烈にアプローチしているという噂は、遠宮の耳にも入っていた。それゆえいつも以上に厳しい声を出した遠宮に、井上は恐れをなし、慌ててフォローに入った。

「いやだな。冗談ですよ。昨日の西門社長殺害事件で、ちょっと気になることがあったもので、その報告に来たんです」

「気になることとは？」

遠宮の問いかけに井上は、

「コレなんですけど」

とビニールに入った西門社長の携帯電話を示してみせた。

「携帯が何か？」

通話記録には問題なかったはずだが、と思いつつ問いかけた遠宮に、

「指紋のつき方が、ちょっとおかしいんですよ」

と井上は言うと、ビニール袋の上から携帯を握ってみせた。

「この携帯、被害者はこのように握っていたんですけど、指紋がね、その握ってた部分にしか残ってないんです」

「なに?」

問い返した遠宮に「ですから」と井上が説明を補足する。

「携帯、二つ折のこれ、開くときにも指紋つくし、ダイヤルするときにだって指紋はつくでしょう。なのに、握っていた以外の部分はまるで拭ったかのように綺麗なんです。液晶画面には、耳につけたらしいあとが残ってましたけど、指紋がついてなさすぎるんですよ。つまり……」

「つまり、妻の美智子が細工した可能性が高いということだな?」

井上がすべて言わずとも遠宮は彼の言いたいことを察し、先回りして問いかける。

「そのとおり。携帯を耳につけるというところまでは思いついたらしいけど、指紋がなさすぎるのは不自然だ、というところまでは頭が働かなかったようです」

そう言い、肩を竦めてみせた井上に、遠宮は「助かった」と声をかけると立ち上がり、無線へと近づいていった。

「こちら遠宮。西門夫人の美智子の近辺を徹底的に洗え。また、犯行現場での目撃情報、犯行時刻より一時間以上前についても確認するように。新情報が入ったらすぐ、本部に連絡をいれること。いいな?」

「課長、かっこいいですねえ」

凛《りん》とした声を張り上げる遠宮を、井上が潤んだ瞳で見つめる。

「一回、ヤらせてもらえませんか？」

「馬鹿げたことを言ってないで、さあ、持ち場に戻りなさい」

熱い眼差しを向けてくる井上を、遠宮はあまりにも冷たく突き放すと、尚も声をかけようとする彼を無視し、電話を手に取った。

「刑事部長、ご報告いたします」

今、知り得たことを即、上司に報告し始めた彼を井上は、「お堅いなあ」と残念そうに見ていたが、遠宮にじろりと睨まれ、

「怖い怖い」

と言いながら退散していった。

その後、美智子に関する情報が続々と遠宮のもとに集まり始めた。

美智子には噂どおり愛人がおり、それが彼女の以前勤めていたクラブのバーテンだという裏も取れた。

また、彼女が親しい友人に、西門と結婚したのは金目当てだったのに、実際は酷い吝嗇《りんしょく》で自由になる金額はごくごく限られている、もうやっていられないから離婚し多額の慰謝料をせしめてやるつもりだ、という内容の話をしていたこともわかり、午後九時より行われた捜査会議にて、明日の朝にも彼女を任意で呼び話を聞く、と決定した。

「今、彼女は？」

「犯行現場となった自宅は気味が悪いと言い、実家に戻っています。今は山辺が張り付いていますが、動きはないようです」

納の報告に遠宮が「よし」と頷く。

「明日、午前九時に立川に向かう。任意ゆえ同行を断られたときには、その場で事情を聞くこと。納さん、頼みます。あなたは美智子から一度事情を聞いていますので適役でしょう。現地で山辺と合流してください」

「あ、はい。わかりました」

話を聞いたのは自分だけではないのだが、と納がちらと高円寺を見やりつつも頷いたその声にかぶせ、

「俺も行くぜ」

という高円寺のガラガラ声が室内に響いた。

「三人もで向かう必要はないでしょう。かえって相手に警戒されます。それに高円寺さんのその外見では、美智子が萎縮するでしょう」

冷たく言い放つ遠宮を見やり、高円寺は心の中で、やれやれ、と溜め息をついた。どうやら未だに怒りを引き摺っているらしいと気づいたためである。

「えー、高円寺さんって女の人にはやたらと優しいから、そんなことないと思いますよぅ」

と、そのとき横から桜井が、おそらく本人はフォローのつもりだったのだろう、そんな、遠宮の怒りを更に煽るような言葉を口にし、高円寺を慌てさせた。

「お、おい」

「だって僕、嫉妬《しっと》しちゃいましたもん」

黙れ、と慌てる高円寺の表情になどまったく気づかず、桜井が口を尖らせ逆に彼を睨んでくる。

「お前なあ……」

時折垣間見える眼力の鋭さを買い、一人前の刑事に鍛え上げてやろうと思ったが、あの『眼力』は奇跡か、と、あまりの空気の読めなさに高円寺が呆れた声を上げたそのとき、

「わかりました。女性の扱いに慣れているというのなら、高円寺さんも納さんに同行してください」

遠宮の嫌味たっぷりの声が室内に響き、またも高円寺に、やれやれ、という溜め息をつかせた。

「わかりましたね？」

不機嫌さを隠そうともしない遠宮が、肩を落とす高円寺をキッと睨み、返事を強要する。

「おう。許可、ありがとよ」

いつものように高円寺が、上司を上司と敬わぬ口調で返事をする。高円寺は上に対しても下に対しても、まったく同じ態度で通していることは既に遠宮の知るところであり、遠宮とてすっかり慣れているはずであるのに、虫の居所が悪いときには高円寺のこの口調もまた、遠宮の攻撃の的となった。

「返事は『はい』で結構。女性の扱いに自信がおありのようですから、必ず任意で彼女を署まで同行させてください。いいですね？」

「『はい』！」

殆どが反射神経で動いているといっていい高円寺が、馬鹿でかい声で遠宮にそう返す。

「こ、高円寺さん」

課長をこれ以上怒らせてどうする気だ、と納に慌てられてはじめて高円寺は、自分が遠宮に対し、喧嘩《けんか》を売ったかのような言動をしたことに気づいた。

「ああ、いや、そういうつもりじゃねえ」

慌ててフォローに走ったが、後の祭りである。

「返事はそれで結構です。それでは解散！」

口では『結構』と言っていたものの、怒りで耳まで真っ赤になっていた遠宮は乱暴にそう言い放ち、皆がかける声を無視し物凄い勢いで部屋を出ていった。

「高円寺さん、まずいっすよ」

納が高円寺に駆け寄り、囁きかけてくる。さすがに『まずい』かと高円寺も思い、「それじゃな」と納の肩を叩くと、慌てて遠宮のあとを追った。

「おい、タロー」

周囲に人がいないことを確認してからそう呼び、肩に手を掛ける。

「離せ」

「タロー、悪かったよ。今のは条件反射だ。いい加減、機嫌直してくれや」

高円寺が彼にしては抑えた声でそう言い、肩を抱こうとした、その手を遠宮はぴしゃりとはね除《の》けると、無言のまま早足で署の外へと出ようとした。

「おい、タローってばよ」

高円寺が慌てて彼のあとを追う。それでも足を止めずにずんずんと前へと進んでいた遠宮が不意に立ち止まった。

「おっと」

すぐ後ろにいた高円寺は遠宮の背に激突しそうになり、慌てて足を止めると、遠宮の前方に立つ若い男へと視線を向けた。

「やあ、遠宮」

二人の注目を浴びたその若い男が笑顔になり、遠宮に声をかける。

「仲村《なかむら》！」

遠宮もまた明るく声をかけ、彼に駆け寄っていくさまを、高円寺は、へえ、という意外な思いを胸に見つめていた。

「どうした、仲村、まさか僕に会いに来たのか？」

「その『まさか』だよ。近くまで来る用事があったから、久々にお前の顔が見たくなったんだ」

「そうか」

にこにこと笑いながら遠宮に話しかけている『仲村』という男を、高円寺は密かに観察していた。というのも遠宮が彼に対し、高円寺などには滅多に見せない満面の笑みを晒していたからである。

身長は百七十七、八、細身ではあるが均整の取れたいい身体をしている。顔もまた、俳優かと思うほどに整っていた。黒目がちの瞳は理知的な色を湛えており、かっちりとした服装や髪型から、堅いと言われる職業についているのではないかと思わせる。サラリーマンという感じはしないから、同業か、はたまた検事か弁護士か、と思いながらも、まじまじと高円寺が男を

凝視していたからだろう、

「ええと？」

男が――仲村が高円寺をちらと見たあと、誰だ、というように遠宮へと視線を向けた。

「無視していい。行こう」

遠宮もまた高円寺を一瞥《いちべつ》したあと、ふいと視線を逸らせ、歩き出そうとする。

「おい、タロー」

そりゃねえだろ、と思い、つい、高円寺の口からいつもの遠宮への呼称が飛び出した。

「え？」

仲村が意外そうな顔で、そして遠宮もまた、鬼の形相で高円寺を振り返る。

「悪ぃ。紹介してくれや」

もともと『遠慮』というものとは縁のない高円寺は笑顔になると、二人に向かい駆け寄っていった。

「なぜお前に紹介せねばならない」

遠宮がぶすっとしたままそっぽを向く。

「誰？」

彼の横で仲村が不審そうな顔になったのも無理のない話だった。今日の高円寺は、いつものヤクザめいた服装に加え、顔には遠宮によってつけられたひっかき傷が残っていたからである。

「俺か？　俺は遠宮課長の部下だよ。名前は高円寺だ。あんたは？」

紹介の労を執ってくれる気配のない遠宮を頼るのは諦め、高円寺は自己紹介と決め込むと、よろしく、という意味を込めて右手を差し出した。

「あ、初めまして。仲村です。仲村芳直《よしなお》といいます。遠宮の学生時代の友人です」

なんだ、ヤクザではないのか、とほっとした表情になった仲村はにっこり笑い高円寺の差し出した手をぎゅっと握った。唇の間から覗く白い歯が爽《さわ》やかだ、とヒューと口笛を吹いてしまった高円寺の耳に、遠宮の尖った声が響く。

「何か用なのか？」

「へ？」

「遠宮？」

不機嫌極まりないその口調に、まず高円寺が、続いて仲村が戸惑いの声を上げ彼を見た。

「用がないのなら出しゃばるな」

まさに『吐き捨てるような』という表現がぴったりの口調で遠宮は高円寺にそう言うと、あまりの剣幕に唖然としていた仲村へと視線を移し「行こう」と彼の腕を取った。

「おいっ」

慌ててあとを追おうとした高円寺だが、遠宮が仲村を引き摺るようにしてずんずんと歩いていってしまっては、もう取り付く島なしと諦めざるを得なかった。

「おい、いいのか?」

人がいいのか、仲村が高円寺を気にしたふうのことを言い、何度も振り返るのに対し、遠宮は一度たりとて後ろを見ず、物凄い早足で立ち去っていく。

「あの、失礼します」

わけがわからないながらも、仲村が遠宮と共に歩きながら高円寺を振り返り、頭を下げる。

「おう」

高円寺も右手を挙げてその挨拶に応えたが、それがまた遠宮の怒りを買ったらしく、彼の歩くスピードは更に速くなった。

「まったくよう……」

何を怒っているんだか、と首を傾げ、遠ざかっていく二人を見つめる高円寺の口からぼそりと呟きが漏れる。

それにしてもあの『仲村』という男は何者なのだろう、と首を傾げてみたものの、答えなどわかるわけもないか、と高円寺は肩を竦め、駅へと向かい歩き始めた。

年齢はおそらく遠宮と同じだろう。となると、同級生だろうか。親しそうだったな、と二人の様子を思い起こしていた高円寺は、自分がそんな二人に対し、嫉妬心を抱いていることに気づき苦笑した。

遠宮に親しい友人がいるということに、自分は動揺したのだろう、と、高円寺は己の心理を分析する。

遠宮の人付き合いが苦手そうなところを日々目の当たりにしているだけに、そして今まで彼から友人の話が一度も出なかっただけに、はっきり確認したわけではないものの、親友と呼べるような相手がいたとは想像していなかった。

しかしよく考えてみれば——否、考えるまでもなく、二十六年という人生を歩んでいるのだから、その間、親しい友人が一人もできなかったというほうが不自然である。

あの仲村が昔の恋人だったとでもいうのなら嫉妬心も煽られようが、見たところ単なる友人のようだし、まあ、久々に水入らずで語り合うのもいいのではないか、と高円寺は思い——あまりにも『自分に言い聞かせている調』の思考にまた苦笑した。

自分で思っている以上に俺は、嫉妬深いようだ、と敢えて冷静な分析をし、また苦笑する。

「あー、もう、気になるぜ」

長考ができない高円寺はバリバリと五本の指で髪をかき回すと、一人空に向かって吼《ほ》えたのだが、そんな彼を駅へと向かう人々はぎょっとしたように見やったあと、関わり合いになってはならないというように目を伏せ、足を速めたのだった。

4

翌朝、高円寺と納は覆面パトカーに乗り込み、立川にある美智子の実家を目指した。

「あのあと、フォローできました？」

納が前夜の遠宮の様子を心配し、高円寺に問いかけてくる。

「うんにゃ」

「……やっぱり……」

高円寺の答えに納は、やれやれ、というように溜め息をつくと、

「しかし課長、このところ機嫌悪いですよねえ」

とハンドルを握りながら高円寺をちらと見た。

「……そうだな」

確かにそのとおりだ、と高円寺が納に頷く。原因は数日前の諍いくらいしか思い当たることはないが、通常はここまであとを引かないような気がする、と内心首を傾げていた高円寺の耳に納の声が響く。

「やっぱりあの噂は本当なんでしょうか」

「噂？」

知らないぞ、と納を見やると、

「高円寺さんの耳に入ってないなんて、珍しいですね」

と少し驚きながらも『噂』の内容を教えてくれた。

「課長、いよいよ本庁に呼び戻されるって噂です。ほら、例の大洋《たいよう》建設絡みの事件が解決したじゃないですか。本庁のお偉方には、あの事件のカタをつけるまではと、異動を断っていましたから、もう断る理由はなくなったと……」

「……なるほどね……」

そういうことか、と高円寺は密かに納得し、頷いた。以前もこの件に関しては遠宮との間で見解の相違から揉《も》めたことがあったと思い出したのである。

高円寺の考えは、本庁への異動は遠宮の将来を思えば喜ばしいことであるし、共に仕事にあたることができなくなったり、顔を合わせる機会が今までよりも減ってしまうことを寂しくは思うが、だからといって二人の気持ちが揺らぐわけではなし、という、遠宮の異動を肯定的にとらえるものである。

一方遠宮の考えは、気持ちが揺らぐとはまるで思っていないものの、やはり日常を共に過ごせないのは嫌だ、という、ある意味彼らしくない感情的なものだった。

互いの考えを伝え合った際に、遠宮は納得してくれたと思っていたが、違ったのだろうか、と心の中でまたも首を傾げている高円寺は納に、

「高円寺さん？」

と声をかけられ、我に返った。

「悪ぃ。ぼんやりしちまってた」

「珍しいですね。高円寺さんが考え事なんて」

滅多にないじゃないですか、という納の口調にはからかっている様子は微塵《みじん》もなく、素で感心しているようだった。

「阿呆《あほ》。俺だってたまには考え事くらいすらぁな」

がはは、といつものように大声で笑ったものの、高円寺の胸にはそれこそ彼にしては『滅多にない』遠宮に対する小さな燻《くすぶ》りが宿っていた。

昨夜の仲村という遠宮の友人の顔がちらと高円寺の脳裏に蘇る。学生時代あの男に対しては、遠宮も己の感情を包み隠さずぶつけるのだろうか——そんなことを考えていた高円寺の耳に、納の声が響いた。

「間もなく到着です」

その声にまたもはっと我に返った高円寺は、今は事件に神経を集中すべきだろう、と気持ちを切り替えようとする。が、彼の胸に宿る燻りは意識すまいと思えば思うほど存在感を主張し、高円寺の苛立ちを煽っていった。


それから約二十分後、車は美智子の実家の玄関を見渡せる路上に到着し、高円寺と納は彼女に一晩中張り付いていた山辺と合流した。

「どうだ?」

「今朝七時過ぎに美智子の母親が犬の散歩に出ましたが、それ以外に動きはありません」

納の問いに、徹夜したためか血走った目をした山辺が真面目《まじめ》な顔で答える。

「昨夜から人の出入りはなかったんだな?」

「はい。誰も」

高円寺の問いにも山辺は真面目に頷き、これからどうする、と言いたげに二人を代わる代わるに見た。

「署で話を聞きたいと要請する。任意なら断るという頭を働かされると面倒だから、事情聴取ということは極力知らせず、あくまでも被害者の妻に対して話を聞きたい、で通そう。間違っても今は犯人扱いするなよ。まずは署に引っ張ることが大切だ」

「はい」

「わかりました」

高円寺の指示に、納と山辺、二人して真剣な表情で頷くと、高円寺は「よし」と笑い先に立って玄関へと向かっていった。

インターホンを押すと、どうやら美智子の母親らしい人物が応対に出た。

「新宿西署の高円寺です。美智子さんに少々お話を伺いたいんですが」

高円寺が普段のガラガラ声を潜め、インターホン越しに話しかける。

『……少々お待ちください』

母親がそう言ってインターホンを切ってから高円寺たちは三分ほど外で待たされた。

「拒否られますかね」

山辺が緊張した面持ちで高円寺に声をかける。

「顔も出さねえってことはねえだろ。向こうも警察の動向は気になるはずだしな」

化粧でもしてるんじゃねえのか、と高円寺が小声で囁き返したとき、がちゃ、とドアが開く音がし、綺麗に化粧した美智子が隙間から顔を出した。

「あの、なんでしょう？」

「奥さん、大変申し訳ないんですが、ご主人の事件に関し、少し進捗《しんちょく》がありましてね、それについて奥さんに確認を取らせていただきたいのですが、これから署までご同行いただけませんでしょうかね？」

「え？」

腰低く頼む高円寺の前で、美智子の眉が顰められる。

「進捗って、どういう進捗があったの？」

「証拠品の携帯電話について、奥さんにも確認いただきたいことがありまして。署から持ち出せないものでしてね。これからご同行いただくわけにはいきませんか？」

今まで高円寺が喋った言葉には、嘘《うそ》は一つもなかった。進捗があったのも事実なら、携帯電話について話を聞きたいというのも本当のことである。

携帯、とはっきり告げたのは、美智子は自分の使った携帯電話のトリックに絶対的な自信を持っていると踏んだためだった。通話記録が残っている以上、自分の証言に突っ込みどころなどあり得るわけがないと思い込んでいるであろうという高円寺の見立ては、ずばり当たった。

「……私が見て何かわかるのでしたら……主人を殺した犯人を一日も早く捕まえてもらいたいですし」

そう言うと美智子はドアを大きく開き、「どうぞ」と高円寺たちを中へと招いた。

「今、着替えて参りますので、少々お待ちください」

着替えなくても充分、と言いたいほど、きちんとした格好をしていた美智子は、その言葉を残し一人奥へと消えていった。

「やりましたね」

山辺が密かにガッツポーズを取るのを、

「こら」

と睨み付けはしたが、高円寺もまた心の中で拳を握り締めていた。

十分後、黒のスーツに身を包んだ美智子が「お待たせしました」と登場した。喪に服しているというアピールだろうが、先ほどのワンピースが華やかなオレンジ色だったことを思うと、高円寺には、そして同行刑事の二人にも、『喪に服す』は世間体としか取れなかった。

覆面の後部シートに美智子を乗せ、山辺は自分の車へと戻らせる。その車には寝ていない山辺の代わりの運転要員が既に待機しており、納の運転する覆面と二台連なって新宿西署へと戻ってきた。

取調室に連れていけば警戒されようということになり、少人数用の会議室へと美智子を導き茶も淹《い》れた。取り調べには高円寺と納が向かう予定だったが、急遽《きゅうきょ》遠宮も同席すると言い出し、そこで高円寺との間で一悶着《ひともんちゃく》があった。

「人数、多すぎるだろう」

課長自らが出向くとなると、美智子も警戒するだろうという高円寺に対し、遠宮は一歩も退かなかった。

「聞けば、彼女に対しては任意での同行を求めたわけではないと言うではないですか」

「携帯についての話を聞きたいとはちゃんと言ったぜ」

「不十分です。責任者として私が同席します」

互いに譲らない二人の間を取りなしたのは納だった。

「それでは私が外れますから」

課長と高円寺の二人に任せると言う彼の言葉に救われ、結局美智子の取り調べは遠宮と高円寺、二人が担当することになった。

「まずは俺が彼女に話を聞くからよ」

高円寺が遠宮をそう牽制《けんせい》したのは、口論の延長からというよりは純粋に、遠宮では美智子からスムーズに話を聞き出せまいと思ったためだった。遠宮はあまり取り調べに自ら臨むことないのだが、数少ないその場に居合わせたことがある高円寺は、遠宮のストレートすぎる物言いにひやひやし通しだった。

美智子の口を割らせるには、ストレートに攻めては逆効果である。外堀を徐々に埋めていき、最後に止《とど》めを刺すというやり方こそ効果的だと思ったがゆえの高円寺の言葉を、遠宮はどう取ったのか、一際むっとしてみせたが、

「わかった」

とぶすりと呟くと、ふいとそっぽを向いた。

「女性の扱いには自信があるそうだからな」

視線を合わせることなくそんな嫌味を言ってくる遠宮に、高円寺は人目を忘れ、思わず、『タロー』と呼びかけようとしてしまったのだが、一瞬早くそれに気づいた遠宮にキッと睨まれ、慌てて口を閉ざした。

「それじゃ、行こうか」

やはり昨日のうちに、わだかまりを解消しておくべきだったか、と内心溜め息をつきつつ、高円寺は遠宮を促し、二人して美智子の待つ会議室へと向かった。

「お待たせしました」

結構な時間、待たせることになったせいもあり、美智子はあからさまに苛々している様子だった。

「携帯電話がどうこうと仰《おっしゃ》ってたわね。何が新たな展開だったんです？」

美智子は高円寺の手に握られていた、ビニール袋に入った携帯を目敏《めざと》く見つけると、いかにも用件を早く済ませろといわんばかりに問いかけてきた。

「こちらはご主人がお亡くなりになったときに握っていらした携帯です。これ、いつもご主人がお使いだったものに間違いないですよね？」

言いながら高円寺が美智子に携帯を手渡す。

「ええ、間違いありませんわ」

美智子は、当然、というように頷くと、手にしていたその携帯をすぐにテーブルに置いてしまった。

「ご主人はいくつか携帯をお持ちでしたか？」

「さあ、仕事用のものを持っていたかもしれませんが、詳しいことは知りません。夫婦間の通話に使っていたのはこの携帯でした」

美智子はすらすらと答え、それがどうした、というように高円寺を見る。高円寺は手を伸ばしてテーブルの上から携帯を取り上げると、それを再び美智子に示しながら話し始めた。

「通話記録を見ましても、この携帯の使用頻度が高いようですので、普段お使いになっていたものだと我々も判断しています」

「あの、それが『新たな展開』なんですの？」

美智子が苛ついた声を出し、高円寺を、彼の横で口を閉ざしたままの遠宮を睨み、口を挟んできた。

「ええ、まあそうです」

「…………」

頷いた高円寺を前に、美智子の眉間にくっきりと縦皺が寄り、怒りも露わな口調で彼女がまくし立て始めた。

「その携帯が普段使いのものだろうがなんだろうが、私はその携帯からかかってきた電話で、主人が何者かに殴られたことを察知したんです。あの子供みたいな刑事が色々難癖つけてきましたが、私が嘘など言っていないことは通話記録が証明してくれています。違いますか？」

「確かに通話記録はそうなってる。だがな、奥さん。電話をかけたのはご主人じゃねえ。ご主人に電話をかけられるわけがねえんだ」

「な、なんですって⁉」

がらりと変わった高円寺の口調に、美智子がぎょっとした顔になる。彼女がぎょっとしたのは高円寺の態度の変化だけでなく、彼がガラガラ声を張り上げ喋る、その内容にも原因があるようだった。

「携帯に残っていた指紋だよ。ガイシャの指紋は、携帯を握っていた部分にしかついてなかった。ケータイかけるにゃあ、番号押したりアドレス帳呼び出したり、ああ、それに、履歴からかけたりするが、どのボタンからもガイシャの指紋は発見されなかったんだよ。一体ガイシャは……あんたのご主人はどうやって指紋を残さず電話をかけたのかなぁ?」

「そんなこと、あたしは知らないわよっ」

美智子の語調は強かったが、顔は真っ青だった。

「知らねえわけねえだろ」

ドスを利かせた声で高円寺が彼女の怒声を遮る。

「電話をかけたのはあんただ。あらかじめ亭主の携帯を持ち出しておいて、タクシーの中で自分の携帯にかけたんだろ? 運転手にその電話の内容を聞かせるために、ラジオも消させた。証言者に仕立て上げるためにな」

「な……な……な……」

立て板に水のごとく喋り続ける高円寺の迫力に、今や美智子はすっかり呑まれてしまっていた。蒼白な顔で唇を震わせ、何か喋ろうとするのだが、少しも言葉は出てこない。彼女のそんな様子から、これは犯人《ホシ》であることに間違いないと踏んだ高円寺の語調はますます厳しく、声はますます高くなっていった。

「現場に運転手を連れ込んだのもそのためだ。そのあと運転手に一一〇番通報をさせている隙に、あんたは持っていた携帯をガイシャに握らせた。本当はもっとべたべた指紋をつけたかったんだろうが、運転手が思いの外《ほか》早く帰ってきたのか、または弾みで電話が切れてしまったり、変なボタンを押してしまったりしたら面倒だとでも思ったんだろう。どうだ？　違うか？　違うならはっきり、違うと……」

「酷いわ！　あなた、私を騙《だま》したわねっ」

と、そのとき、美智子の口から金切り声が響き渡った。

「騙した？」

「騙したじゃないの！　何が事件の進捗をお知らせしたいよ。妻としての意見が聞きたいよ！　あなた、最初から取り調べのつもりで私を呼んだんじゃないのっ」

美智子は一気にそこまでまくしたてると、すっと背筋を伸ばし、キッと高円寺を見据え口を開いた。

「弁護士を呼んでちょうだい。弁護士が来るまで私、ひとっことも喋りませんからっ」

そう言ったきり、美智子はきゅっと唇を引き結び、宣言どおり一言も発しなくなった。

「弁護士呼べば喋るんだな？　連絡先、教えろや」

凄む高円寺を前に、美智子は無言のままハンドバッグを開けると名刺入れを取り出し、中から一枚取り出した名刺を高円寺に突きつけてきた。

「内藤《ないとう》弁護士事務所。ここに連絡すればいいんだな？」

「なに？」

名刺――というよりそれは、弁護士事務所の名と住所と電話番号が書かれたカードだったのだが、高円寺が事務所名を読み上げたとき、同席していた遠宮の口から小さな声が漏れた。

「なんだ？」

その声音があまりにも動揺したものに聞こえたため、高円寺は思わず彼を振り返ってしまったのだが、目が合った途端遠宮ははっとした顔になると、

「なんでもない」

一言吐き捨てるようにそう言い、ふいと目線を逸らせてしまった。

「…………」

どうしたのだろう、と高円寺は尚も遠宮の顔を覗き込もうとしたのだが、美智子の甲高い声がそれを制した。

「早く弁護士を呼んでよ！　電話をして！」

「わかったよ。今、呼んでやらぁ」

うるせえなあ、と呟きながら高円寺は会議室を出、刑事部屋へと向かった。部屋を出るとき、ちらと遠宮の顔を彼は見たのだが、酷く引き攣《つ》った表情をした遠宮は目を伏せたままで、決し

て高円寺を見ようとはしなかった。

やはり様子がおかしい、と思いはしたが、ぎゃんぎゃん喚《わめ》き続ける美智子を無視もできず、あとで聞くか、と心の中で呟き高円寺は会議室を出たのだった。

「どうです？」

刑事部屋には納と山辺が控えており、高円寺の姿を認めると駆け寄ってきた。

「弁護士を呼べだとよ。電話してもらえるか？」

高円寺は納に名刺を渡すと、再び会議室に戻るべく踵《きびす》を返した。ヒステリックになっている美智子は、遠宮一人の手には余るだろうという判断からだったのだが、部屋に戻ってみると美智子も、そして遠宮も、眉間にくっきりと縦皺を刻み黙り込んでいて、それはそれなりに高円寺を戸惑わせた。

「どうした？」

何かしら会話があったのだろうかと思い、まず遠宮に問いかけたものの、遠宮から返事はない。さすがに美智子には『どうした』とは聞けないか、と高円寺は密かに溜め息をつくと、彼もまた腕を組んで黙り込み、弁護士が到着するのを待った。何を言ったところで美智子は口を開くまいと読んだためである。

それから約三十分後、しんと静まり返った会議室にドアをノックする音と共に、

「失礼します」

という納の声が響いた。

「弁護士が来ました」

言いながら納がドアを大きく開き、彼の後ろに立っていた人物を室内へと招き入れる。

「あっ」

その姿を見た瞬間、高円寺の口から驚きの声が漏れた。

「先生、聞いて。酷いのよ」

それまで黙《だんま》りを決め込んでいた美智子が立ち上がり、弁護士へと駆け寄っていく。高円寺が目で追ったのはそんな彼女の姿ではなく、隣に座っていた遠宮だった。

「…………」

遠宮は高円寺の視線に気づくことなく、青ざめた貌《かお》でじっと弁護士を見つめていた。血の気を失い白くさえなっていた彼の唇が微《かす》かに震え、聞こえぬほどの声が漏れる。

「……仲村……」

その声が耳に届いたのか、弁護士が——昨日、署の前で遠宮に声をかけてきた彼の学生時代の友人である仲村が、遠宮へと視線を向ける。

「……なんだってまた……」

何がどうなっているんだ、と呆然《ぼうぜん》とする高円寺の前で仲村は、蒼白な顔をした遠宮に対し、少しの感情も含まぬ視線を向けていた。

5

美智子の弁護士、仲村が新宿西署に現れてから僅《わず》か十分後、任意の取り調べであるのなら拘束される理由はないはずだという仲村の申し立てで美智子は帰宅を許され、仲村と共に署をあとにした。

その後すぐに遠宮より、美智子の愛人とされるバーテンの現在の所在を至急確認するようにという指示が出て、納と桜井が彼の自宅へと向かった。

「……どうした？」

仲村が登場してから遠宮の顔色はずっと青いままだった。今にも倒れそうな彼の様子を案じ、高円寺がこっそり声をかけたが、遠宮は無言で首を横に振るだけで、口を開こうとしなかった。

二十分後、納より署に連絡が入った。

『納です。バーテンの森《もり》ですが、アパートにいません。仕事も昨夜から休んでいるそうで、どうやら行方をくらませた可能性大です』

「……そうか……」

報告を受ける遠宮の顔から、更に血の気が失われていく。

「おい、大丈夫か？」

ふら、と彼の足下がふらついたのに、高円寺が慌てた声を上げ腕を伸ばす。

「大丈夫だ。それよりすぐにバーテンの行方を皆で探してくれ」

遠宮は高円寺の手を払いのけると、厳しい目つきで彼に、そして、何ごとかと自分を取り巻いていた部下たちに指示を出した。

「高円寺と山辺は、美智子に張り付いてくれ。以上」

「おい」

真っ青の顔のまま指示を出し、自席へと戻る遠宮に、高円寺は思わず人目も忘れ声をかけてしまったのだが、

「至急、向かうように」

いつもであれば部下の手前、『上司になんという口の利き方だ』と怒鳴りつけるはずであるのに、遠宮は低くそう言い、高円寺から目を逸らした。

「…………」

一体どうしたのだ、と問いたい気持ちはあったが、全身で問いかけを拒否している遠宮にはそれ以上話しかけることができず、高円寺は山辺を「行くぞ」と促し、他の刑事たちと共に部

屋を出た。

「課長、どうしたんでしょうか」

山辺が心配そうに刑事部屋を振り返る。

「……さあな……」

高円寺は首を傾げはしたが、遠宮の様子がおかしい原因には心当たりがあった。

『……仲村……』

蒼白な顔でその名を呼んだ遠宮の声が高円寺の耳に蘇る。昨夜署の前で遠宮に声をかけてきた彼が弁護士だったことにまず高円寺は驚いていた。しかも西門美智子の弁護士だというのである。

彼女が既に弁護士を雇っていたというのもまた驚きだった、と高円寺は考えかけ、ああ、違うか、とすぐに思い当たった。もしや西門ローンの顧問弁護士ではないかと思いついたのである。

覆面パトカーに乗り込み、運転を山辺に任せると高円寺は、まずはそれを確認しようと、三十年来の腐れ縁の親友、弁護士の中津忠利に電話を入れた。

『どうした？』

「おう、実はちょっと聞きたいことがあってよ。内藤弁護士事務所の仲村っちゅう弁護士についてなんだが、調べられるか？　確かナカムラヨシナオっちゅう名前だ」

『わかった。何を調べればいいんだ？　経歴か？』

さすがは三十年来の付き合い、中津は理由も聞かずに高円寺の頼みを引き受けると逆に問い返してきた。

「経歴とそれから、西門ローン、若《も》しくは西門社長か妻の美智子との関係。雇用関係を含めて頼むわ」

『西門ローン？　この間社長が殺されたあの会社か。わかった。折り返しすぐ連絡を入れるよ』

「忙しいところ悪ぃな」

少しも労を厭わぬ様子ではいるが、敏腕と名高い中津がどれだけ多忙であるかわかっていたため高円寺がそう詫びると、

『気にするな』

中津は笑って、すぐ折り返すと繰り返し、電話を切った。

「頼りになるぜ」

ぼそりと呟いた高円寺に、運転席から山辺が声をかけてくる。

「高円寺さん、弁護士の名前、よく覚えてましたね。どこかで出ましたっけ？　僕、まったく

記憶にないですよ」

高円寺の記憶力の良さには定評があり、聞き込みの最中も捜査会議の最中も滅多《めった》にメモを取ることがないにもかかわらず、必要な情報はすべて頭に入っている。山辺は今回も自分が聞き逃した弁護士の名を高円寺は聞き取り、しかも記憶していたのか、と感心して称賛の言葉をかけてきたのだが、高円寺が弁護士の名を知っていた理由は他にあった。

「あ、いや……」

正直者の高円寺は、違うのだ、と口を開きかけ、やはりマズいかと思い言葉を濁した。

「あ、もしかして、納さんから名刺見せてもらったんですか？」

高円寺が誤魔化《ごまか》そうとするより前に、山辺は勝手に理由を見つけ、改めて高円寺に問いかけてきた。

「ああ、まあな」

そういうことにしておくか、と高円寺が頷いたそのとき、持っていた携帯が着信に震えた。

「お」

ディスプレイに映し出される名を見て高円寺が嬉しそうな声を上げ応対に出る。

「おい、随分早いな」

『そうか？』

かけてきたのは、先ほど仲村弁護士についての調査を頼んだ中津だった。電話を切ってからまだ五分と経っていないことに驚いた高円寺だったが、彼は間もなくその調査内容の充実ぶりにも驚くことになった。

『仲村芳直、二十六歳。東大《とうだい》法学部出身だね。司法試験には大学四年のときに受かっている。卒業後は三田《みた》法律事務所という大手に勤めているが、去年そこを辞めて内藤弁護士事務所に籍を移したようだ。高円寺の言ったとおり、西門ローンの顧問弁護士だったが、あそこはオーナー社長だから、会社だけでなく社長個人の法律相談にも乗ることがあったそうだ。因みに西門ローンの顧問弁護士になったのと彼が内藤弁護士事務所に勤務し始めたのは同じタイミングのようだ』

「相変わらず凄《すげ》えなあ」

この短時間によくもまあ、と感心した声を上げた高円寺の耳に、中津の淡々とした声が響く。

『内藤弁護士事務所は、はっきりいって評判は良くない。暴力団との癒着《ゆちゃく》が常々問題視されている。なぜその仲村という弁護士が大手法律事務所を辞め、言っちゃ悪いがゴロツキ集団のような弁護士事務所に移籍したのか、気になって三田法律事務所に勤務の知人に当たってみた。が、特に事務所内で問題を起こした様子はなく、依願退職だったそうだ。仲村の評判はなかなか良く、若いのに優秀、かつ、正義感が強く情熱的に仕事に取り組んでいたそうだ。今、ツテのある後輩に仲村と親しかった人間がいないかも聞いているが、そちらは返事待ちだ。友人が見つかれば三田法律事務所を辞めた理由もわかるかもしれないし、西門ローンの弁護を担当するようになった経緯も聞けるかもしれない』

「中津よ、お前、ほんっとーに凄えな」

わずか五分でこれだけの情報を集めただけではなく、高円寺が頼んでもいないことまで率先して調べてくれるその気遣いに、感動したあまり高円寺は素っ頓狂なほどの大声を上げてしまい、運転席の山辺の注目をこれでもかというほどに集めた。

『別に凄くはないよ。また何かわかり次第、連絡を入れる』

それじゃあな、と中津が電話を切ろうとする。

「ほんとにありがとな！」

心から感謝しつつ高円寺がそう声をかけると、中津は『どういたしまして』と笑って電話を切った。

すかさず高円寺は西署へと連絡を入れ、今、中津から聞いたばかりの話を署に詰めていた遠宮へと報告した。

『そうですか……』

遠宮の声は堅く、高円寺は電話の向こうの彼が、相変わらず蒼白な顔をしているのだろうと、その表情を慮《おもんぱか》った。

『……内藤弁護士事務所については今、調べさせていますが、木村組とのかかわりが強いようです』

「そうか」

木村組とは、西門社長がボディガードを頼んでいた暴力団の名だったと思い出し、相槌を打った高円寺の耳に、電話越し、遠宮の指示が響いた。

『仲村弁護士について、また何か情報が入りましたら至急連絡してください』

「おい」

高円寺はここで遠宮に、仲村との仲を問い質《ただ》そうとしたのだが、そのときには既に電話は切られていた。

「…………くそ……」

やはり遠宮の様子はおかしい——携帯をシャツのポケットに突っ込み、小さく悪態をついた高円寺の胸の中には、もやもやとした思いが渦巻いていた。

自分に対しても、これ、とはっきり説明できない、複雑な心境に今高円寺は陥っていた。わけがわからないながらも、やたらと苛つく、と溜め息をつき、車窓へと目をやった彼の頭に、ぽん、と、二文字の熟語が浮かんだ。

『嫉妬』

「…………」

馬鹿か、オノレは、と高円寺は頭を振り、浮かんだその二文字を消し去ろうとする。遠宮と仲村との間に、かつて恋愛関係が成り立っていたのではないかという疑いなど、一欠片《ひとかけら》も抱いたことがなかったというのに、なぜ『嫉妬』などという単語が浮かんだのだろう、と首を傾げる高円寺の胸には相変わらず、もやもやとした思いが宿り続けている。

確かに二人は親しそうではあった。その上、今、遠宮の様子がおかしいのは、どう考えても仲村に原因がある。たかがそれだけのことで、嫉妬など感じるわけがないじゃないか、と高円寺は自嘲しようとし——。

「……うそだろ……」

少しも笑えないどころか、ますますもやもやが増幅したことに気づき、愕然としてしまった。

動揺のあまり声として漏れてしまった言葉を聞きつけ、山辺が問いかけてくる。

「高円寺さん？」

「なんでもねえ。それよりまだ着かねえのか？」

慌てて誤魔化し、逆に問い返した高円寺の脳裏に、笑顔で挨拶をしてきた仲村の顔が蘇る。

『初めまして。仲村です。仲村芳直といいます。遠宮の学生時代の友人です』

爽やかとしかいいようのない笑顔だった。差し出した右手を握ってきた力強いその感触も思い出し、思わず己の右手を見やった高円寺の耳に、山辺の声が響く。

「間もなく国立府中《くにたちふちゅう》インターを降ります。美智子の実家には十五分ほどで到着予定です」

「……そうか」

彼の声にはっと我に返った高円寺は、またも自分がぼんやりしていたことに改めて気づき愕然とする。

本当に一体どうしてしまったのか、と頭を振る高円寺の耳に、遠宮の堅い声が蘇る。

彼は今、一体何を思い、何を感じているのだろう――青を通り越し、すっかり血の気を失い真っ白にさえなっていた遠宮の顔を思い起こす高円寺の口からは溜め息が漏れ、またも山辺から、「高円寺さん？」と問いかけられては、我に返って自己嫌悪になるというループ状態に陥ることになった。


美智子は実家に戻っており、動く気配はなかった。夜八時に納・桜井ペアと彼女の見張りを交代し、高円寺と山辺が署に戻った午後九時、遠宮の号令で捜査会議が開催されることになった。

本来であれば、警視庁や検察庁にも声がかかるのだが、遠宮が集めたのは新宿西署の刑事のみで、それだけでも彼の部下たちは、どういうことなのだと顔を見合わせ、なんだかおかしくないかと囁き合った。

「静粛《せいしゅく》に」

刑事たちのざわめきを鎮めた遠宮の顔は、相変わらず真っ青だった。口を開くと頰が痙攣《けいれん》し、ぴくぴくと肌が蠢《うごめ》いているのがわかる。様子がおかしい、と皆が注目する中、遠宮が蒼白な顔のまま口を開いた。

「美智子の愛人、バーテンの森は海外に高飛びしたことがわかった。場所はアメリカだ。出国記録に記載があった」

「なんですって？　海外に高飛び？」

「どういうことです？　彼は事件の関係者ということですか？」

刑事たちの口から、次々に質問が発せられる。

「おう、まずは課長の報告を聞こうぜ」

ガラガラ声を張り上げ、ざわつく室内を鎮めたのは高円寺だった。皆の注目が再び遠宮へと集まる。遠宮は部下たちの顔をぐるりと見渡したあと、不意に、

「申し訳ないっ」

と叫んだかと思うと、深く頭を下げた。

「なんでえ？　どうした」

「課長？」

「どうされたのですか？」

高円寺が、そして他の刑事たちも衝撃を受け、それぞれに高い声を上げる。が、遠宮がすっと顔を上げると、皆、はっとしたように口を閉ざし遠宮の顔を見やった。そうせずにはいられないほど、遠宮が思い詰めた顔をしていたためである。

「……弁明の余地はない。私はこれから辞表を提出するつもりだ」

引き攣った顔で遠宮が告げた言葉に彼の部下たちは皆またも衝撃を受け、室内は再び蜂《はち》の巣を突《つっ》いたような騒ぎとなった。

「辞表？　どういうことです？」

「課長、いかがなさったのですか？」

「説明してください」

皆が口々に叫ぶ声が響き渡る。それを制したのは今回も高円寺のガラガラ声だった。

「落ち着けや！　そうやかましくしちゃあ、課長が喋れねえだろう」

「しかし高円寺さん……」

傍にいた山辺が高円寺に食ってかかる。それを高円寺は、

「だから、黙れって」

と制すると、改めて遠宮を見やり、顔面蒼白な彼に対して口を開いた。

「悪ぃが、俺らがわかるように説明してくれや。いきなり辞表と言われても、わけがわからねえからよ」

「……確かにそのとおりだな。申し訳ない」

高円寺の指摘に、遠宮が引き攣った顔のまま頷いてみせる。本来かけてやりたいのはこんな言葉じゃなかったのだが、という一抹の後悔を抱く高円寺にもう一度頷いてみせたあと、遠宮は改めて周囲を見渡し口を開いた。

「まず、西門ローンの顧問弁護士である仲村と私の関係を説明する。我々は大学の同級生であり、友人関係にあった。昨日、彼は私を署の前で待ち伏せし、飲みに誘ってきた。その飲み会の席で私は、本件の捜査情報の一部を彼に漏らした。結果、美智子の愛人、森が海外に高飛びした。その責任を取るべく、辞職を考えている——簡単に言うとそういうことだ」

「情報漏洩《ろうえい》があったということですか？」

「どうしてそんなことに？」

「故意ですか？　違いますよね？」

またも騒然とする室内に、高円寺のガラガラ声が響き渡る。

「だから静かにしろって！　課長が故意に情報漏洩するわけねえじゃねえかっ」

途端にしん、と静まり返った室内に、遠宮の堅い声が響いた。

「無論、故意ではない。だが仲村弁護士に捜査情報を喋ってしまったのは事実だ。その責任を取って私は辞職するつもりだ」

「待てって。故意に漏らしたわけじゃねえんだろ？　詳しい状況をまず説明してくれや」

硬い表情で告げた遠宮にすかさず高円寺が突っ込む。高円寺の言葉は他の刑事たちの総意であることは、静まり返った室内の状況が証明していた。

「……わかった。すべて説明する」

皆の視線を浴び、遠宮はますます顔色を失いながらも、低くそう言い頷くと、その言葉どおり、なぜに仲村に捜査情報を漏らすことになったのか、その理由を説明し始めた。

遠宮と仲村は東大法学部時代の友人であり、在学中は親しく付き合っていたものの、互いに社会人になったあとには付き合いは随分と薄れ、今や年賀状をやり取りするだけの仲になっていた。

にもかかわらず仲村は昨夜突然遠宮を飲みに誘い、懐かしさから遠宮はその誘いに乗った。

「当然のことながら、この時点では私は仲村が西門建設の顧問弁護士であるということはまるで知らなかった」

遠宮がそう言い、周囲を見渡す。皆の表情は強張《こわば》ってはいたが、遠宮の話に口を挟もうとする者は誰もおらず、沈黙が暫《しば》し室内に流れた。喋り疲れたのか遠宮は、コホン、と小さく咳《せき》払いをすると、再び口を開いた。

「西門社長殺害事件の話題を振ってきたのは、仲村弁護士だった。自分のクライアントに西門ローンの詐欺《さぎ》めいた手口にひっかかった人物がいるという話だった」

『社長が殺されたのは天罰だろうと、その人は言っていた。契約書の捏造《ねつぞう》、あり得ない金利、しかも取り立てはヤクザが連日家と会社にやってくる。今まで何人もの弁護士に相談したが、契約書を取り交わしてしまっては勝ち目がないと断られ続けたんだそうだ。確かに勝ち目はないかもしれないが、それでも何か打開策はないかと思い、来週にも西門ローンを訪問しようとしていたところだったんだ』

仲村はそこまで言ったあと、はっとした顔になり、遠宮の前で頭を掻いた。

『申し訳ない。今の話は忘れてくれ。依頼人の守秘義務に抵触するような内容だった。反省している』

『わかった。忘れる』

素直に頷いた遠宮に対し、仲村はほっとしたように微笑《ほほえ》み、幾分照れた様子で言葉を続けた。

『まるで学生時代に戻ったかのような気がしてたんだ。君にはつい気を許してしまう』

それから間もなくして仲村は『明日はその依頼人との面談があるから』と言い、会計をしようと言い出した。

『社長殺しの容疑者にされるのではないかと怯《おび》えてるんだ。自分は多額の借金がある上に、周囲の人間に『殺してやりたい』と漏らしていたからと言ってね。まったく、不運続きとしかいいようがない』

『警察からその依頼人のところに連絡があったのか？』

遠宮が問いかけたのは、顧客リストにある名かどうかを聞いてみようと思ったためだった。

『そのようだよ』

仲村は頷いたあと『この話はこのあたりで止めておこう』と微笑んだ。

『え？』

どうして、と眉を顰めた遠宮に対し、仲村はまた照れたような顔になると、その理由を説明した。

『このままだと僕は君に、捜査状況を教えてくれないか、と言い出しかねないし、依頼人は無実であるという先入観を君に植え付けるべく、あれこれと弁明してしまうかもしれない。お互いのためにに良くないからね』

『……相変わらずだな』

学生時代も仲村は法曹への道を気高い精神を持って目指していた。あの日のままの彼がここにいる——遠宮の胸が熱くなる。

それゆえ彼は、普段であれば決してしないであろう行動を取ってしまったのだった。

会計を済ませ、別れを告げる直前、遠宮は仲村に対し、ぼそりと聞こえないような声で呟いた。

『西門社長殺害に、顧客はまず関係ないというのが我々の見解だ』

『え?』

仲村が驚いたように目を見開き遠宮を見る。

『今の言葉、忘れてくれ』

だが遠宮が、先ほど自分が言ったのと同じ言葉を繰り返すと、

『わかった』

と微笑み、ぽんと遠宮の肩を叩いた。

『顧客が関係ないとなると、家族か。そういえば社長夫人も悪名高いからな』

仲村はそう言うと、不意に声を顰め、遠宮の耳元に囁いてきた。

『妻には愛人がいる。彼女はホステス上がりでね、前の勤務先のバーテンだそうだ。西門ローンについて色々調査するうちにわかった。彼女は夫から多額の慰謝料をせしめ離婚したがっていたらしい』

そこまで言うと仲村はすっと身体を離し、遠宮を見た。

『……どうやら、既に調査済みだったらしいな』

『……ああ……』

遠宮がつい頷いてしまったのは、捜査に協力しようという仲村の心遣いが嬉しかったためだった。

『余計なお喋りを、すまん』

『いや』

そんなことはない、と遠宮が首を横に振ったとき、仲村は不意に、くしゃん、と小さなくしゃみをした。

『風邪か？』

『ひきかけているようだ。昨日シャワーを浴びたまま、髪を乾かさずに出かけたのが良くなかったんだろう』

たいした風邪じゃない、と仲村は笑い、『それじゃあ、また飲もう』と右手を挙げてタクシー乗り場へと向かい去っていった。

『ああ、飲もう』

遠宮もまた右手を挙げ、仲村を見送ったのだが、その仲村とあのような形で再会することになろうとは、少しも考えていなかった。

「……もっと注意深くなるべきだった。せめて西門ローンの顧問弁護士が誰であるかを調べておくべきだった。大学時代、親しく付き合っていたからとはいえ、軽率すぎた。皆には詫びのしようもない」

そう言いながらも遠宮は、言葉を失い彼の話に聞き入っていた部下たちに向かい、

「本当に申し訳なかった」

と深く頭を下げた。更なる沈黙が室内を襲う。その沈黙を破ったのは今回もまた、高円寺のガラガラ声だった。

「事情はわかった。確かに捜査情報の漏洩と言えねえこともねえが、具体的なことはあんた、何一つ喋ってねえと俺は思うが、おう、皆はどうだ？」

高円寺の呼びかけに刑事たちは顔を見合わせていたが、やがて山辺がおずおずと手を挙げ、

「自分もそう思います」

と、高円寺に同意である旨を示してきた。

「私もそう思います」

「俺も課長は具体的に捜査情報を漏らしたわけじゃないと思う」

皆が口々に高円寺の意見に同意し、遠宮へと笑いかける。

「しかし……」

おそらくこういうリアクションを予想していなかったのだろう、絶句しその場に立ち尽くす遠宮に高円寺は駆け寄っていくと、

「それによ」

と彼の背を叩き、顔を覗き込んだ。

「逆に考えりゃ、美智子の愛人の森を高飛びさせたっちゅうこたぁ、二人が本ボシで間違えねえってことじゃねえか。な？」

「そうか、そうですよね！」

「確かにそうだ。そうじゃなきゃ、わざわざ愛人を海外になぞ出さんでしょう」

言葉を失う遠宮の代わりに、刑事たちがわっと沸く。

「おうよ。あとは証拠固めだ。実行犯は森だろうが、森が犯人と断定できりゃあ、美智子は殺人教唆《きょうさ》の容疑で引っ張れるはずだ。まずは証拠を探そうぜ」

「わかりました」

「任せてください！」

刑事たちが血気盛んな声を上げる中、高円寺のガラガラ声が一段と高く響き渡った。

「それから忘れちゃならねえのが、弁護士の仲村だ。奴は美智子の犯行を知っていた可能性がある。彼と美智子、それに西門ローンとの関係もきっちり調べ上げるんだ。いいな？」

「はい！」

「了解です！」

高円寺に向かい、皆が大きく頷く。

「……高円寺……」

と、そのとき遠宮がぽつりと彼の名を呼び、顔を見上げてきた。

「ん？」

高円寺が遠宮の背に腕を回し、にっと笑い返す。

「…………」

遠宮は何かを言いかけたが、きゅっと唇を引き結ぶと、高円寺から視線を外し、改めて部下たちをぐるりと見渡した。

「本当に申し訳なかった。捜査方針は今高円寺が言ったとおりだ。明日からよろしく頼む」

そう言い、深く頭を下げた遠宮に対し、刑事たちが口々に、

「任せてください」

「やりましょう、課長」

と熱く言葉をかけている。その様子を、顔を上げ、頷き返した遠宮の顔を代わる代わるに見ながら高円寺は、遠宮の辞職をなんとか思いとどまらせることができた安堵《あんど》から、やれやれ、と心の中で溜め息をつき、ごくさりげなく遠宮の背に回した腕に力を込めたのだった。


その後解散となり、高円寺もまた帰路につこうとしたのだが、思い直し、タクシーを捕まえるべく乗り場へと走った。

高円寺がタクシーで乗り付けた先は、遠宮の住む官舎だった。遠宮は高円寺より前に署を出ていたため、既に帰宅しているはずだと、高円寺は遠宮の部屋の前に立つとインターホンを押した。

『はい』

ゴソゴソとした音が響いたあと、遠宮の低い声がインターホン越しに響いてくる。

「俺だ」

高円寺が声をかけると、インターホンはすぐに切れ、数秒後にドアが開いた。

「…………」

遠宮はまだ帰宅したばかりのようで、スーツのジャケットだけを脱いだ格好だった。ドアを開けはしたがその場に佇《たたず》み、一言も喋ろうとしない彼に向かい、高円寺が問いかける。

「入っていいか？」

「……ああ……」

遠宮は頷くと、ドアを大きく開き高円寺を中へと導いた。高円寺が中へと入り靴を脱ぐ。そうして鍵をかけた遠宮が振り返ったところを、高円寺は力一杯抱き締めていた。

「久茂……」

くぐもった遠宮の声が、彼が頬を押し当てた高円寺の胸の辺りから響き、華奢《きゃしゃ》な両腕がしっかりと高円寺の背に回される。

「なんでも一人で決めんなや」

だが高円寺がそう言うと、遠宮ははっとしたように顔を上げ、身体を離そうとした。高円寺はそんな彼の動きをしっかりと背を抱き締めることで制すると、耳元に熱く囁いた。

「辞表出すなんて大切なことを、他の奴らと同時に知らされた俺が、どんな思いをしたと思う？」

「……え……」

再び遠宮が顔を上げ、高円寺をまじまじと見上げてくる。

「あんだよ」

意外そうに見開かれた遠宮の綺麗な瞳に自分の顔が映っている。その顔を眺めながら問いかけた高円寺は、返ってきた遠宮の返事に、今度は彼が戸惑いの声を上げることとなった。

「……お前はそんなことを気にするのか？」

「え？」

何を問われたのかわからず問い返した高円寺に、遠宮が真面目な顔で問いを重ねる。

「お前も、人より先だのあとだの、気にするのか？　そういうことにこだわらないんじゃなかったのか？」

「待てや、タロー。意味がわからねえ。気にするに決まってんだろう？」

高円寺としては、ごく当然の答えだったのだが、遠宮はまだ納得していないようで、首を傾げながら、言葉を続けていった。

「だってお前は僕も他のお前の友人たちも、常に同列扱いじゃないか」

「はあ？」

思いもかけないことを指摘され、素っ頓狂な声を上げた高円寺だが、すぐに遠宮が何を言っ

ているのかに気づいた。

「もしかして、そりゃあ、一昨日《おととい》――だったか先一昨日だったかの、喧嘩の続きか？」

「……喧嘩したつもりはないが」

途端に遠宮がむっとした顔になり、ふいと高円寺から視線を逸らす。

「…………」

やはりその『まさか』なのかと、高円寺は唖然としたあまり言葉も出ないような状態で、腕の中の遠宮を見下ろしていた。

遠宮がそんな考えを抱いていたということは、高円寺にとっては青天の霹靂《へきれき》だった。遠宮の言う『友人』というのは腐れ縁の上条や中津、それに彼らのパートナーたちであろうが、高円寺にとっては彼らは『友人』、遠宮は『恋人』ときっちり認識していたにもかかわらず、それがまるで伝わってなかったのか、と思ったと同時に高円寺は、

「あ」

ようやく遠宮がなぜ怒ったのかをも察し、なるほど、と頷いたのだった。

遠宮は上条と共に飲むことを厭うたわけではなく、最初に約束をしていたのは自分であるのに、それを反故にしようとした自分に対して怒ったのだ。高円寺にしてみれば、飲み会は皆で盛り上がり、そのあと遠宮と『二人』の時間を過ごせばいいと思っていたのだが、遠宮にして

みれば自分と友人である上条を同列に扱った、若しくは上条を優先したと勘違いし、それであ
あも怒ってみせたのだ。

「違うぜ？」

「何が違うんだ」

説明しようと口を開いた高円寺の声にかぶせ、遠宮の不機嫌な声が響く。遠宮と上条とはま
るで違うフィールドにいる、それがなぜわからないのかと高円寺は説明しようとしたのだが、

「……そうか……そうだよな……」

そのとき彼の脳裏にちらと掠めた仲村の影が、彼に思わずその言葉を呟かせていた。

「…………？」

何が『そう』なのだ、と遠宮が眉を顰め、高円寺を見上げる。

「いや……俺はよ」

その視線に促され、高円寺は考え考え、己の気づいたことを遠宮に伝えるべく話し始めた。

「俺にとってはよ、タローも、上条や中津も、大事な人間ではあるんだがよ、タローは恋人で、
上条や中津はダチだ。まるで別ものだから、どっちが大事か、なんて、比べられるもんじゃね
えし、比べる意味もねえと思ってたんだわ。今まではよ」

「……『今までは』？」

高円寺の言葉尻を捉え、遠宮が問い返してくる。

「ああ。だが、タローが……お前があの、仲村っちゅう昔の知り合いと親密に話しているのを目の当たりにしてから、なんかこう、胸の中でもやもやとするものがあってよ、それで、わかったんだ」

「……親密さは見せかけだった」

ここで遠宮は酷く傷ついた顔をし、すっと高円寺から目を逸らせた。やりきれないといった様子のその顔を見た高円寺の胸には、またもあのもやもやとした感情が——嫉妬としかいいようのない感情が湧き起こり、それに気づいた彼を思わず苦笑させた。

「なんだ」

ふっと笑った高円寺を訝り、遠宮が再び顔を上げる。

「いや、今もなんだけどよ、俺は仲村っちゅうあの男に対して、嫉妬を感じちまったんだよ」

「はあ？」

今度は遠宮が素っ頓狂な声を上げる番だった。驚愕《きょうがく》に目を見開いた彼の目つきがあっという間に凶悪なものに変わる。

「久茂は仲村と僕の仲を疑ったのか？」

「そうじゃねえよ。そうじゃねえけど、なんだ、お前に心を許した人間が俺以外にもいるってのを目の当たりにして、それで嫉妬しちまったんだよ」

「…………」

慌てて説明を加えた高円寺の前で、遠宮の鋭い眼光が緩み、頬に血が上ってくる。

「……そんな人間、久茂には、いくらでもいるじゃないか」

ぼそりと呟いた遠宮の頬へと高円寺が右手をやる。火照《ほて》る頬の熱さが掌に伝わってきた瞬間、抑えられない欲情が高円寺の内に溢《あふ》れセーブが利かなくなった。

「それくらい俺は、嫉妬深い男なんだよ」

言いながら高円寺がその場で遠宮を抱き上げる。

「おいっ」

思わぬ高さが恐怖を呼んだのか、高円寺の首にしがみつきながら非難の声を上げた遠宮を高円寺は「よっ」と抱き直すと、遠宮の顔を覗き込み、ニッと笑った。

「まさか自分がこうも心の狭い人間だとは思わなかったぜ」

「……よく言う」

ぼそりと呟いた遠宮の頬がますます紅《あか》くなってゆく。照れたためにぶっきらぼうになった口調にもまたそそられると、高円寺は再び「よっ」と彼を抱き直すと、勝手知ったるとばかりに廊下を進み、遠宮の寝室へと彼を連れていった。

そっと遠宮をベッドに下ろし、そのまま覆い被さっていく。

「待て」

と、遠宮がいきなり一人で起き上がったかと思うと、高円寺の胸を押しやったものだから、高円寺は口を尖らせ彼を見下ろした。

「なんでえ？　まだ怒ってるってか？」

「違う」

ぶすっとした顔で遠宮は言い捨てたかと思うと、やにわに自分でネクタイを外し始めた。

「……なるほど……」

互いに服を脱ぎ合ったほうが早いということか、と納得した高円寺もまた、その場で立ち上がり脱衣を始める。

「でもよ、俺はタローの服を脱がせるのも好きだぜ」

「馬鹿馬鹿しい」

気持ちが昂揚するあまり、つい軽口がついて出た高円寺を、じろりと睨んだ遠宮の目が、既に勃ちかけた高円寺の雄を捉えた。

「…………」

ごくり、と遠宮の喉が鳴る。その音に高円寺の微かに繋がっていた理性の糸がぷつりと切れ、まだ上半身しか脱いでいない遠宮へと全裸の彼は強引に覆い被さっていった。

「待……っ」

待て、と言いかけた唇を貪るようなキスで塞ぎながら、高円寺は手早く遠宮のベルトを外し、スラックスを下着ごと一気に両脚から引き抜く。剝《む》き出しの下肢を捩《よじ》ろうとする遠宮の動きを制し、雄を握った高円寺は、彼のそれもまた勃起しかけていることに気づき、目を開いてくちづける遠宮を見下ろした。

「……っ」

気配を察したのか遠宮もまた目を開き、高円寺を見上げる。欲情に潤む綺麗なその瞳を見た高円寺の欲情もまた煽られ、くちづけを中断するとそのまま身体を下へと移動し、大きく開かせた遠宮の両脚の間に顔を埋《うず》めた。

「あぁっ……」

勃ちかけた雄にむしゃぶりつくようにして口淫《こういん》を始めた高円寺の頭の上で、遠宮が悩ましい声を上げ、身体をくねらせる。その動きを両脚を押さえ制しながら高円寺は、愛しさを込めて遠宮の雄を丹念にしゃぶっていった。

「やっ……あっ……あぁっ……」

あっという間に高円寺の口の中で、熱と硬さを増していく、その竿《さお》の部分を窄《すぼ》めた唇をゆっくり上下させることで刺激し、先端を硬くした舌先でぐりぐりと割ってやる。

「あぁっ……あっ……あっあっ」

巧みな高円寺の口淫は遠宮をあっという間に快楽の坩堝《るつぼ》へと追い込んだようで、彼はいやいやをするように激しく首を横に振り、高く喘ぎ続けた。

「やぁ……っ」

口で遠宮の雄を攻め立てながら、滴る先走りの液をすくって湿らせた指を高円寺は彼の後孔へとぐっと挿入する。途端に遠宮の背が大きく仰け反り、高円寺の口の中で彼の雄がどくんと大きく脈打った。口の中に広がる苦味が増したことで、そろそろ限界が近いのかと察した高円寺は、ぐっと遠宮の雄の根元を握ると、尚も指を奥へと挿入していく。

「あっ……やあっ……あっあっあっ」

二本目の指を挿入し、ぐちゃぐちゃと中をかき回しながら、きつく根元を締め上げた雄の先端に舌を絡ませ、くびれた部分を愛撫する。いやいやをするような遠宮の首の動きはますます激しくなり、彼の口から発せられる嬌声もまた一段と高くなっていく中、不意に高円寺はぎゅっと髪を摑まれ、あまりの痛みに顔を上げた。

「はや……く……っ」

既に欲情に塗《まみ》れた彼の意識は朦朧《もうろう》としている様子であるのに、そんな状態でも女王気質は発揮されるのか、と高円寺は吹き出しそうになりながらも、『女王』遠宮の望みを叶えてやろうと、身体を起こした。

「あぁっ」

これでもかというほどに攻められていた前後が一気に解放されたのに、遠宮の口から高い声が漏れ、腰が淫《みだ》らにくねる。高円寺はそんな彼の両脚を抱え上げると、高円寺の指を失いひくひくと激しく蠢いている後孔を露わにし、そこに既に勃ちきっていた己の雄をねじ込んでいった。

「あーっ」

一気に奥まで貫いたあと、勢いよく腰を打ち付けていく。互いの下肢がぶつかり合うときにパンパンという高い音が立つほどの力強い突き上げに、遠宮の思考力は完全に途絶えたらしく、彼の声はいつも以上に高く、そして切羽詰まっていった。

「いく……っ……ああっ……もうっ……もうっ……いくぅ……っ」

悲鳴のような声を上げ、己の身体の下で乱れまくる遠宮の姿を見下ろす高円寺の欲情にはますます火がつき、突き上げの速度と激しさが増していく。が、延々と続く高円寺の動きを受ける遠宮の眉間にくっきりと縦皺が刻まれ、表情が苦痛に歪《ゆが》んでいることに気づくと、可哀想だという思いが高円寺の胸に芽生え、そろそろ解放してやろうと二人の腹の間で今にも爆発しそうになっていた遠宮の雄を握り締め、一気に扱き上げた。

「あぁっ」

啼《な》きすぎて嗄れてしまった遠宮の高い声が室内に響くと同時に、彼の雄の先端からは白濁した液が飛び散り、高円寺の手を濡らす。

「くっ」

射精を受け激しく収縮する後ろに締め上げられたことで高円寺もまた達し、遠宮の身体の上で伸び上がるような姿勢になった。

「……ひさ……」

ぜいぜいと息を乱しながらも、遠宮が掠れた声で高円寺の名を呼ぶ。

「あ？」

なんだ、と彼の唇に耳を寄せてやろうと高円寺が覆い被さっていく、その首に遠宮が縋り付いてきた。

「おい？」

ぎゅっと抱き締め、頬に頬を押し当ててくる遠宮の乱れる息が高円寺の耳朶《じだ》にかかり、聞こえないような声が微かに響いてくる。

「……僕には……久茂……だけだ……」

「……俺もだぜ」

堪《たま》らずきつく遠宮の背を抱き締める高円寺をまた、思いは同じとばかりに遠宮もきつく抱き締め返す。息を乱し合い、互いに頬を合わせたままの状態で二人は、暫《しばら》くの間そうして堅く抱き合ったまま、行為の、そして告白の余韻を楽しむかのように、じっと動かずにいた。

6

その後、高円寺《こうえんじ》と遠宮《とおみや》は互いに二度達したあと、それぞれにシャワーを浴び、リビングで事件についての話を始めた。

「大丈夫かよ」

疲労の色の濃い遠宮を思いやり、話は明日にしようと高円寺は言ったのだが、遠宮は逆に、

「話が済んだら出かけたい」

と言い出し、高円寺を驚かせた。

「出かけるってどこに？」

「新宿《しんじゅく》二丁目だ」

「二丁目？　ミトモの店か？」

驚きに目を見開いた高円寺が、持ち前の勘の良さを発揮し問いかける。

「ああ」

「なんでミトモの？」

そこまでは勘が働かずに問いかけた高円寺に遠宮は、心持ちむすっとした表情で、ぼそりとこう呟《つぶや》いた。

「彼に調べてもらいたいことがある」

「……なるほど」

おそらく、仲村《なかむら》のことを色々と知りたいのだろう、とアタリをつけた高円寺は、

「それならすぐに出かけるか？」

と上着を手に立ち上がろうとした。

「事件のおさらいをしてからだ」

遠宮はそう言うと、手にしていたミネラルウォーターを一口飲み、事件の真相と思われる内容を話し始めた。

「西門《にしかど》社長の殺害はおそらく、十時過ぎよりもかなり前だ。発見が早かったから、死亡推定時刻はそう誤魔化《ごまか》せないだろうが、少なくとも美智子《みちこ》に夫から電話がかかってきたよりも前の時刻であることは間違いないだろう」

「待てや。電話が美智子の工作だとしたら、その時間よりもあとっていう可能性だってあるんじゃねえのか？」

「美智子の乗ったタクシーが自宅に到着したのは二、三十分後だ。その間に西門社長を殺して

逃走した場合、犯行時刻とされる時間のほうに近くなるだろう。それでは実行犯にとって旨《うま》みがない」

「ああ、そうか」

納得した高円寺に遠宮は頷《うなず》くと、再び口を開いた。

「殺害は計画的だった。犯人は西門社長がバスローブで対面することを厭《いと》わない相手だ。普通に考えれば愛人だが、決まった愛人はいなかったという話だし、一夜限りの女を買う際には社長はホテルを利用していたんだろう？」

確かそういう話だったな、と確認を取ってきた遠宮に高円寺は「ああ」と頷くと、

「しかし……」

と首を傾《かし》げた。

「なんだ？」

「愛人か否かは別にしても、鍵が壊された形跡がないことからも、ガイシャが自ら犯人を家に招き入れたことは間違いねえんじゃねえか？」

「それが？」

どうした、と問い返す遠宮に高円寺は「だからよ」と身を乗り出すと、さすがは野生の勘、とも言うべき意見を述べた。

「実行犯がバーテンの森《もり》だったとして、だ。ガイシャが森を招き入れるかね？　しかもバスローブ姿で、だぜ？」

「……合い鍵を美智子に渡されていたのかもしれない」

高円寺の指摘に、確かに、と内心頷きつつも、ディベートとばかりに遠宮が可能性の一つを口にする。

「常に身の危険を感じてるような男が――暴力団にボディガードを頼んでいるような男が、チェーンもかけずにいると思うか？　しかも警備システムのスイッチも入れずに？」

「……それは……」

言葉に詰まった遠宮に向かい、高円寺は大きく頷くと、一言、

「やはりガイシャには隠れた愛人がいた、それは間違いねえんじゃねえかと思う」

そう言い、上着を手に立ち上がった。

「決めつけるのは時期尚早だ」

遠宮もまた立ち上がったのだが、激しすぎる行為の余韻か、ふら、と足下がよろけた。

「おい、大丈夫かよ」

慌てて駆け寄り、身体を支えようとする高円寺の手を、遠宮はパシッと払いのけると、キッと彼を見据え口を開いた。

「大丈夫だ。それより早く『three《スリー》 friends《フレンズ》』に向かい、西門社長の愛人について調査を依頼しよう」

「おう、わかったぜ」

高円寺の意見に同調したことをはっきりと言葉にしてみせた遠宮の肩を、心からの愛《いと》しさを込めて高円寺が抱き寄せる。

「行くぞ」

照れくさいのか遠宮は短くそう言うと、高円寺の腕を振り払うような勢いで足を進めたのだが、そんな彼の態度もまた高円寺にとっては、可愛《かわい》くて仕方がないものであった。


ミトモの店にタクシーで向かう間に高円寺は、遅い時間ゆえダメモトと思いつつ、中津《なかつ》の携帯を鳴らしてみた。

『なんだ?』

予想に反し、すぐ応対に出た中津に高円寺は、これからミトモの店に出てこられないかと尋ねたところ、二つ返事で中津は了承し、店での合流が決まった。

電話を切った高円寺をちらと見やった遠宮が、ぼそりと呟く。

「上条《かみじょう》さんには声をかけなくていいのか」

「へ？」

思わず問い返した高円寺の横で遠宮が「なんでもない」とそっぽを向く。

「……そうだな。のけ者にされたとわかっちゃ、あとがうるせえからな」

遠宮は遠宮なりに、自分の友人関係を寛容する気になったということか、と高円寺は内心嬉《うれ》しく思いながらも、それを態度に出さぬよう気をつけつつ――態度に出そうものなら、天《あま》の邪《じゃ》鬼《く》の遠宮が『そんなつもりはない』と臍《へそ》を曲げることが必至だと思ったためである――上条の携帯に連絡を入れた。

『あんだよ』

既に泥酔の域に達しているらしい上条の居場所はなんと、ミトモの店だった。

「おめえはほんと、行動範囲、狭《せめ》えな」

これからソッチに行くわ、と言い高円寺は電話を切ると、様子を窺《うかが》っていた――とは本人、思われたくないだろうが――遠宮へと視線を向け、

「上条は偶然店にいるってよ」

と、状況を説明した。

「そうか」

遠宮はたいして興味のないような相槌《あいづち》を打ち、口を閉ざして高円寺とは反対の窓から外を眺《なが》め始めた。高円寺もまた、車窓から外を見る。

暫《しばら》く沈黙の時間が流れたあと、遠宮があたかも独《ひと》り言《ごと》のような口調で、ぼそり、と言葉を告げた。

「……友人というのは……久茂《ひさも》たちのように、信頼できる間柄のことじゃなかったのか」

「…………」

遠宮が彼を裏切った仲村のことを言っているとわかるだけに高円寺は言葉に詰まったが、黙っていることもできず、フォローにならないだろうとわかりながらも口を開いた。

「まあ、俺らはほぼ三十五年間、つかず離れずでずっと一緒にいたからよ」

高円寺とて、それが自分たちの友情が続いている理由と思っていたわけではない。遠宮を元気づけようとして告げた言葉だったのだが、遠宮はすぐにそうと見抜き、苦笑したあとに高円寺を振り返った。

「たとえ離れていたとしても、友情というのは継続するものだろう」

「……何か事情があったのかもしれねえぜ」

またも単なる慰めか、と思われかねないと案じながらも、高円寺はそう言い、遠宮の目をじっと見返した。

「事情か……」

遠宮が小さく呟き、また車窓へと視線を向ける。

「なあ」

その声が普段の遠宮らしくなく、あまりにも弱々しかったため、思わず高円寺は遠宮に声をかけてしまった。

「なんだ？」

遠宮が車窓の風景を見たまま問い返す。

「仲村とは一体、どういう仲だったんだ？」

高円寺の問いを聞く遠宮の肩が一瞬、びくっと震えた。が、続いて響いてきた彼の声は、実に淡々としたものだった。

「……大学一年のときに、同じクラスになった。僕は元来人付き合いが苦手で他人に対して壁を作りがちだったが、仲村はその壁を乗り越え、親しく接してくれた」

「……そうか」

相変わらず遠宮は高円寺に背を向け、車窓から外を眺め続けている。真っ暗で何も見えないであろう風景を眺めながら遠宮は淡々と言葉を続けていった。

「仲村には友人が多かったが、僕には仲村くらいしか親しく口を利く相手はいなかった。多分そのせいだったと思うが、法学部に進んでからは仲村は他の友人と過ごすより、僕との付き合いを優先するようになった。もともと僕は一人で過ごすことに慣れていたから、気にしないでくれていいと言うと彼は、なぜか急に泣き出したんだ」

「泣いた?」

思いもかけない話の展開に、高円寺がつい言葉を挟む。

「ああ」

遠宮は車窓へと目をやったまま——そして淡々とした口調のまま、言葉を続けた。

「『悲しいことを言うな』と彼は言った。人は一人では生きてはいけないものだ。一人でいることに慣れるだなんて、悲しすぎるじゃないかと彼は言って泣いていた。もう一人で生きる必要はない、お前には僕がいるから、と……」

「……………」

遠宮の語るエピソードに、高円寺の胸にはまたもやもやとした思いが——嫉妬《しっと》としか表現できない思いが立ち上ってしまっていた。

彼の脳裏《のうり》には今、若き日の——といっても、今も充分若いのだが——遠宮と、一度見たきりである仲村の姿が浮かんでいた。仲村の言葉は深読みすべきものではないのかもしれない。だが、彼の言葉が遠宮の胸に、ああもしっかりと、一言一句忘れないほどに刺さっているということには、ショックを覚えずにはいられないでいた。

「あの言葉も……嘘《うそ》だったのだろうか」

ぽつん、と遠宮が、またも独り言のような口調でそう呟く。

「嘘じゃねえだろ」

一つとして根拠があるわけでもないのに、高円寺が言いきったのは、遠宮が泣いているのではないかと案じたためだった。

「どうかな」

苦笑し、遠宮が高円寺を振り返る。彼の頬《ほお》は涙に濡れてはいなかったものの、酷《ひど》く潤んだ瞳《ひとみ》が遠宮のやりきれない気持ちを物語っているとわかるだけに、高円寺は手を伸ばし、遠宮の肩を強引に抱き寄せると、

「おい？」

と少し慌てた声を上げた彼の髪に顔を埋《うず》めた。

「……嘘じゃねえだろ」

再び同じ言葉を繰り返す高円寺の胸から、遠宮がくすっと笑った声が響いてくる。

「そうあってほしいものだ」

遠宮が顔を上げ、高円寺に笑いかけてくる。笑いながらも彼は心の中で涙を流しているのだろうとわかるだけに高円寺は無言で遠宮の肩を尚一層強い力で抱き寄せ、きっとそうであるに違いない、という想いを込めて遠宮の額に唇を押し当てたのだった。


「あら、いらっしゃい」

「遅《おせ》え！　遅えぞ！」

高円寺と遠宮が店に入っていくと、店主のミトモと既にできあがってる感のある上条がそれぞれに声をかけてきた。

「中津ちゃんから連絡があったわ。りゅーもんちゃん連れていくからちょっと遅くなるって」

「ほんとにどいつもこいつも仲良くやりやがってよう」

問い返した高円寺の腕を上条が摑《つか》み、隣のスツールへと導きながら悪態をついて寄越す。

「なんだ、ひーちゃん、まさとっさんは今日も留守かよ」

それ以外、上条がこうも遅い時間まで外で飲んだくれている理由はないかと察しつつも高円寺が問いかけると、

「おうよ」

上条は不機嫌極まりない顔で頷き、バーボンのロックグラスを呷《あお》ってみせた。

「まさとっさんも忙しいねえ」

「関西の大学と共同で今、でかいプロジェクトがあるんだってよ。週の半分は大阪《おおさか》だぜ」

口を尖《とんが》らせる上条を、いつもの調子で高円寺がからかう。

「そりゃご愁傷《しゅうしょう》様。当分ヒデの寂しい独り寝が続くんだな」

がははと笑った高円寺に、かちんときたのか、上条はぎろりと高円寺を、続いてその隣に腰を下ろした遠宮を睨《にら》んだのだが、すぐ何かに気づいた表情になり、にんまりと笑うと高円寺の顔を覗《のぞ》き込んできた。

「あんだよ？」

物言いたげな視線を浴び、高円寺が問い返す。

「おめえらはいいよなあ。俺がこうして一人寂しく飲んでるっちゅうのによ、一戦交えたあとにやってきたんだろ？」

「なっ」

いやらしげに笑う上条の顔から『一戦』の意味を察し、動揺した声を上げたのは遠宮だけで、高円寺はそれがどうした、とでも言いたげに胸を張ると、

「羨《うらや》ましいかよ」

逆に上条の顔を覗き込み、にたりと笑った。

「羨ましいに決まってんだろ」

動じない高円寺を見て、こりゃ駄目《だめ》だ、と上条が肩を竦《すく》める。

「しかしよくわかったな」

ヤマカンか？　と、高円寺が隣で怒りのあまり真っ赤な顔になっている遠宮を気にしつつ、上条に尋ねる。

「勘も何も、おめえら、二人して髪が濡れてるじゃねえか」

シャワー浴びたんだろう、という上条の指摘に、高円寺が「なるほどね」と感心し頷いたとき、カランカランとカウベルの音が鳴り響き、中津と藤原《ふじわら》の二人が店内に入ってきた。

「あれ、今日は貸し切りかい？」

本来であれば店が混み出す深夜だというのに、他に客がいないことを訝《いぶか》り、中津がミトモに問いかける。

「あんたたちのために、客を帰したのよ」

「嘘つけや。閑古鳥《かんこどり》が鳴いてただけだろうに」

恩着せがましいことを言い、胸を張ったミトモの前で、ずっと店内で飲んでいた上条が悪態をつく。

「なんだ、また神津《こうづ》さんが留守で荒れてるのか」

仕方がないな、と呆《あき》れた口調になりながら、中津は高円寺と遠宮、それぞれに「やあ」と微《ほほ》笑《え》み、上条の隣に腰を下ろした。その隣に藤原が腰を下ろす。

「りゅーもんちゃんはまたウーロン茶？」

「はい」

ごく当たり前のように頷いた藤原に、上条の意地の悪い声が飛ぶ。

「なんだよりゅーもん、相変わらず中津の騎士《ナイト》気取りかぁ？」

「ああ、もう、酔っぱらいは放っておいて、用件はなんだ？」

中津がぴしゃりとそう言い放ち、上条を黙らせた上で、高円寺に問いかける。

「ああ、例の仲村弁護士についてなんだが、何かわかったか？」

高円寺の問いかけを聞き、彼の横で遠宮がびくっと身体を震わせた、それに気づいたのか中津は、

「あ？　ああ……」

どうしたのだ、というように眉《まゆ》を顰《ひそ》めながらも高円寺に頷き、話し始めた。

「あれからツテを辿って三田《みた》法律事務所を辞めた経緯を探《さぐ》ってもらったんだが、原因はやはり

特定できなかった。ある日から急に事務所に出てこなくなり、一方的に辞表が送られてきたらしい。そういったわけで、辞めた原因はわからないんだが、彼が最後に担当したクライアントについては少し話を聞くことができた」

ここで意味ありげに言葉を途切れさせた中津を高円寺が、彼の身体越しに遠宮が熱く見つめる。中津はそんな二人の視線を真っ直ぐに受け止めると、小さく頷き、彼が知り得た情報を口にした。

「なんと、西門ローンの顧客だったというんだ。相談内容は、不当な契約のせいで多額の負債を抱えることになったというものだったそうだ。同じ事務所内の弁護士は皆、契約書がある以上、勝ち目はないと腰が引けていた中、正義感の強い仲村が担当することになったらしいが、それから数日後に彼は事務所に来なくなったという話だった」

「なんですって？」

そこまで中津が話したところに、遠宮の硬い声が響いた。

「おい、どうした、タロー。真っ青だぜ？」

高円寺が慌てるほどに顔色を失っていた遠宮に、中津や藤原、それに上条とミトモの視線が一気に集まる。

「……事情はあとで話します……が、どういうことなんでしょう。仲村は今、西門ローンの顧問弁護士なんですよね？」

蒼白な顔のまま遠宮が中津に、あたかも食ってかかるような口調で問いを発する。

「おい、タロー」

人の問いには『あとで話す』で、尚も中津に問いを重ねようとする遠宮に対し、高円寺は非難の声を上げたのだが、

「高円寺、いいから」

中津はそんな彼を逆に宥《なだ》めると、「でもよう」と口を尖らせた高円寺に頷いてみせ、視線を遠宮へと移し口を開いた。

「そのとおりだ。仲村が西門ローンの顧問弁護士になったのは、三田法律事務所を辞めた三ヶ月後、内藤《ないとう》弁護士事務所という、ヤクザな事務所に勤め始めたのと殆《ほとん》ど同時期のことだ。僕も経緯が気になってね、内藤弁護士事務所を調べようとしたんだが、『評判が悪い』という以上の話が入ってこない。そこで龍門《りゅうもん》に出馬願ったんだ」

中津が頼もしげな視線を藤原へと向ける。藤原はそんな彼を眩《まぶ》しげに見返したあと、

「おう、龍門、悪《わり》ぃな」

と声をかけてきた高円寺に向かい「いえ」と答え、ポケットから手帳を出して読み上げ始めた。

「内藤弁護士事務所は、菱沼組《ひしぬまぐみ》系三次団体『木村組《きむらぐみ》』と関係の深い、いわゆる暴力団お抱えの弁護士事務所です。所長の内藤和《かず》と木村組の組長、木村悟《さとる》が学生時代からの友人だそうで、かなり荒っぽい稼ぎ方をしている木村組が逮捕されることがないよう、法律上の抜け道を内藤が常に用意している、そういう仲です。抱えている弁護士は仲村以外には二名いますが、仲村は西門ローンのみを担当しており、他の二人の弁護士とは扱いが違うようです」

「扱いが違うってえのは？」

給料か？　と問いかける高円寺に「いえ」と藤原が首を横に振る。

「仲村は内藤弁護士事務所に一応所属している形にはなっていますが、事務所に顔を出すことはごく稀《まれ》——というより殆どなく、西門ローンに常駐していたんだそうです。運良く内藤の事務所勤務の事務員から話を聞くことができたんですが、仲村は西門社長からの預かりじゃないかと言ってました。弁護料を支払うのに個人に振り込むよりは事務所経由にしたほうが何かと面倒じゃないからとか」

「となると、内藤の事務所との繋《つな》がりは希薄で、西門社長との繋がりが密だってことか？」

今度は中津が驚いた様子で藤原に問いかけるのに藤原は、

「ああ」

と頷くと、再び手帳へと目を落とし報告を始めた。

「それからさっき忠利《ただとし》さんが言っていた、仲村弁護士が三田法律事務所で手がけた最後の案件のクライアントだけれど、自殺していることがわかった。ただ、生命保険の受取人が西門ローンになっていたことから、自殺かどうかは疑わしいとされていたそうだ。保険金は下りたようだから、結局自殺認定されたんだろうけどね」

「自殺……」

「ひでえな、そりゃ……」

遠宮と高円寺、それぞれに呟く声が店内に響く。

「仲村がいつまでそのクライアントを担当していたかは不明だが、クライアントの自殺は仲村が西門ローンの顧問弁護士になるより前だ。なぜ仲村が西門ローンの顧問弁護士になったのか、そのあたりのことはまた明日にでも、仲村の友人知人関係に取材してみるつもりだ」

「……仲村の学生時代の友人なら、何人か心当たりがある」

藤原が話を結んだ直後、相変わらず青い顔のままの遠宮がぽつりと呟き、皆の注目を攫《さら》った。

「どうして遠宮さんが？」

「ああ、そうか」

疑問の声を上げた藤原の横で、中津がなるほど、と声を上げる。

「大学の同級生か」

「はい。ゼミは違いましたが……」

中津の問いに遠宮は頷いたあと、カウンターの上で組んでいた己の手をじっと見つめたまま、ぽつりと言葉を足した。

「友人でした……僕の、唯一の」

「唯一？」

素《す》っ頓狂《とんきょう》な声を上げたのは上条で、彼を挟んだ中津と高円寺、二人の平手が左右から上条の頭に入る。

「痛《いて》えなあ」

パシッと気持ちいいほどの音が響いたと同時に、上条が悲鳴を上げる。

「いいから黙ってろ」

珍しく中津が厳しい声を上げて再び上条を黙らせると、敢《あ》えて作っているのだろう、淡々とした口調で遠宮に問いかけ始めた。

「仲村弁護士は学生時代、どんな人物だった？　三田法律事務所時代の彼の話を聞くと、明るい人好きのする性格の上、正義感が強く弁護士の仕事に燃えていたというんだが」

「そのとおりでした。友人も多く、彼の周囲には常に人が溢《あふ》れていました。法曹になるという夢は大学一年のときから熱く語っていて、司法試験に受かったときには非常に喜んでいました」

「その仲村弁護士がなぜ、西門ローンなんてヤクザな会社の顧問弁護士になったのか……心当たりはないかい？」

中津が更に淡々と、さもなんでもないことを聞くかのような口調で遠宮に問いを重ねる。

「……ありません。信じられない、という気持ちです」

そう言い、俯《うつむ》いた遠宮の、カウンターの上に置かれた手はぶるぶると震えていた。やりきれない思いを語るその震えを押さえてやろうと、高円寺が手を伸ばし、上からぎゅっと握り締める。

「もしかしたら、脅されたんじゃないかしら」

と、そのときカウンターの内側からミトモの声が響いたのに、今度皆の注目は一気に彼へと集まった。

「脅す？　何をネタに？」

高円寺がミトモに身を乗り出す。

「ごめんなさい、そのネタはまだ摑めてないんだけど、ヒサモに頼まれて調べた被害者の西門英人《ひでひと》って男、極悪人っていってもいいほど酷い奴でね、脅迫されて身を持ち崩した若い男が何人かいて、その内の一人の身内から話を聞くことができたの。その手口がもう、酷いのよ」

『酷い』を連発するミトモの顔は不快さに歪《ゆが》んでおり、吐き捨てるような口調でどれだけ酷いかを説明し始めた。

「西門社長、ひた隠しにしてるけど、バイセクシャルらしいわ。気に入った若い男がいると、借金をカタに関係を迫るんですって。アタシが話を聞けた子はそれでも拒絶したら、金で雇われたヤクザたちに輪姦《まわ》されて、その映像をネタに脅されたんですって。市場に流してやるけどいいのかって。その人、一流企業のサラリーマンだったから泣く泣く社長に抱かれたらしいけど、そのセックスがまた、サディスト丸出しで酷かったそうよ」

結局そのサラリーマンは社長との関係に耐えられず会社を辞め、退職金と親の援助で借金を完済し、実家に戻ったとミトモは言い、肩を竦めた。

「どうやら社長のほうでも彼に飽きていたせいで、深追いはされなかったらしいけど、未《いま》だにその人、家から一歩も出られない生活送ってるんですって」

「そら酷《ひで》えな」

陰惨な話に高円寺もまた顔を歪めたのだったが、彼の隣で遠宮が、

「あ！」

と高い声を上げたものだから、一体何ごとかとその顔を見やった。

「どうした、タロー」

「やはり西門には愛人がいたんだ！」

叫んだ遠宮がミトモに向かって勢い込んで問いかける。

「そうですよね？　西門には同性の愛人がいた。バイであることをひた隠しにしていたから、彼は愛人を外ではなく自宅に招いていた。誰です？　彼の愛人は？　もしや姿を消したバーテンの森じゃないですか？」

「ちょ、ちょっと、落ち着いてよ」

遠宮の勢いに押され、たじたじとなったミトモがあとずさりながら、困った声を上げる。

「社長の愛人についてはヒサモにも調べてくれって頼まれてたけど、まだ特定はできちゃないのよ」

「……そうですか……」

余程がっかりしたのか、遠宮の肩ががっくりと落ちる。

「でも確かに、その無理やり関係結ばされた人も、自宅に呼ばれてたっていう話だったわよ」

だがミトモがそう言うと、遠宮ははっとしたように顔を上げ、

「やはり！」

と大きく頷いたあとに、高円寺を見やった。

「すぐ、バーテンの森と西門社長との関係を調べよう。彼が社長の愛人であったのなら、すべ

て綺麗《きれい》に説明がつく」

「ちょっと待ってよ。バーテンの森って確か、奥さんの愛人でしょ？　なんだってここに彼の名が出てくるのよ」

「それは……っ」

当然とも言うべきミトモの問いに、遠宮がぐっと言葉に詰まる。それを横目で見ていた高円寺は、本人の口からは言いづらいだろうと察し、彼から皆に事情を説明することにした。

「実はタローは仲村の野郎に騙《だま》されてよ、社長殺害の犯人を警察はローン会社の顧客以外に焦点を当てていると、悟られちまったのよ」

「久茂！」

遠宮がはっとした顔になり、高円寺の腕を摑む。高円寺は、いいから、というようにその手を上から握ると、驚いた表情で彼を見つめるミトモに、そして中津や藤原、上条に対し話を続けた。

「奴は森の名もわざわざ出して確認してきやがった。タローが森を認識しているとわかった途端、森がアメリカに高飛びしたんだ。身に覚えのねえ人間が高飛びはしねえだろう？　だから犯人は森じゃねえかと、俺らは踏んでるんだよ」

「……本当に、警察官としてあり得ないことをしてしまったと猛省している」

高円寺が話し終えると、遠宮は低い声でそう言い項垂《うなだ》れた。暫《しば》しの沈黙が店内に流れる。

「そんなん、仕方ねえだろ」

その沈黙を破ったのは酔っぱらった上条の大声だった。

「おい」

何を言い出すのか、と高円寺が、そして中津がまた両サイドから彼の頭を叩《たた》きかけたのだが、上条は、

「おっと」

と彼らの手を首を竦めてかわすと、呆然《ぼうぜん》とした顔でその様子を見ていた遠宮に対し、にっと笑いかけた。

「その仲村って野郎はおめえの『唯一』の友達だったんだろ？　信用して当然じゃねえか」

「……上条さん……」

思いもかけない上条の言葉に、遠宮の口からぽろりと言葉が漏《も》れる。

「俺だって高円寺の馬鹿《ばか》や中津のことは百パーセント信用してる。こいつらが俺を騙そうとしたら、東京《とうきょう》地検《ちけん》一と言われる慧眼《けいがん》を持つ俺だってイチコロだぁな」

「おめえが東京地検一と言われる慧眼なら、東京地検もレベルが低《ひけ》ぇなあ」

高円寺が今度は見事にバシッと上条の後頭部を叩き、がはは、と笑う。

「痛えじゃねえか、この野郎！」

「二人ともよせよ。暴れるとミトモさんに追い出されるぞ」

「そうよう。あんたら、この間壊したスツールの修理代だってまだ払ってないじゃないのっ。暴れるなら外にしてよう」

中津が、そしてミトモが、藤原も「兄貴、大丈夫ですか」と上条と高円寺の間に割って入る。わいわいと騒ぐ彼らの姿を見やる遠宮の瞳は潤み、頬は微笑みに緩んでいた。

「しかし親子丼ならぬ、夫婦丼か」

ひとしきり騒いだあと、高円寺が、うーんと唸《うな》り、首を傾げる。

「ない話じゃないけど、なんつうか、グロいわね」

顔を顰《しか》めるミトモに、

「夫人がその関係を知ってるとなりゃ、更にグロいな」

と上条もまた、嫌悪感から歪んだ顔で頷いた。

「……果たして、そうだろうか……」

と、ここで中津が呟き、皆の注目を集める。

「なんだよ、中津」

「何が『そう』なんだ?」

上条と高円寺、それぞれが中津の顔を覗き込むのに、中津はちらと遠宮を見やり、申し訳なさそうな表情になったあと、

「?」

何ごとだ、と首を傾げた遠宮からすっと目を逸《そ》らし、口を開いた。

「西門社長の隠れた愛人は、バーテンの森ではなく、仲村弁護士だったんじゃないか?」

「な……っ」

遠宮の口から驚きの声が漏れ、

「忠利さん?」

「それじゃあ森は? 森はなんで姿を消したんだ?」

藤原と高円寺、それぞれが疑問を口にする。中津は彼らをぐるりと見渡したあと、

「あくまでも推論だが」

と断り、その『推論』を説明し始めた。

「バーテンの森が敢えてこのタイミングで海外に高飛びしたのは、捜査の目を彼へと惹《ひ》きつけるためのフェイクだろう。おそらく彼にはきっちりしたアリバイが用意されており、万一捕まったときには犯人ではないと証明できる手はずが整っているのだと思う」

「仲村が愛人だという根拠は?」

高円寺の問いに中津は、

「根拠というには弱いが、彼が三田法律事務所を辞め、西門ローンの顧問弁護士になった経緯が不明なことだ。おそらく彼は自殺したというクライアントの相談を受け、西門ローンに直談《じかだん》判《ぱん》に行った。そこで逆に西門社長に取り込まれたのではないかと思う。彼の評判から、取り込まれたその原因が金銭にあるとは思えない。もしや彼もまた、先ほどミトモさんが話してくれたサラリーマンのように、脅迫されて愛人関係を結ばされ、顧問弁護士に就任したのではないかと思うんだが、どうだろう？」

「……確かに仲村は、ぱっと人目を惹く綺麗な顔をしちゃあいたが……」

唸る高円寺の横では上条もまた、

「あり得る話とは思うけどよ、『推論』の域を出ねえなあ」

同意しきることはできない、というように腕を組み、首を傾げる。

「忠利さんの『推論』を裏付ける裏を取りましょう。今回もヤクザが脅迫ネタに絡んでいるとなれば、ソッチ方面から何か出るかもしれません」

藤原が勢いよくスツールを立ち、今にも取材に向かおうとする。

「俺らは仲村の動向を探るとするか」

高円寺もまたスツールを立ちかけたそのとき、遠宮の酷く掠《かす》れた声が店内に響いた。

「……おそらく……そのとおりでしょう……」

弱々しさすら感じさせるその声に、中津が、上条が、藤原が、そして高円寺とミトモが、はっとした顔になり、遠宮へと視線を向ける。

「……仲村が西門社長を殺したのだと、僕も思います」

俯いたまま遠宮が、酷く掠れた声ではあるものの、きっぱりした口調でそう告げ、ぎゅっと両手を握り締める。

「根拠は？」

問いかけた高円寺の声に、遠宮はゆっくりと視線を上げると彼を見つめ、ぽつぽつと語り始めた。

「……彼が僕を待ち伏せしていたのは、事件の翌日だった……そうだな？」

「あ？　ああ……」

頷いた高円寺に遠宮もまた頷き返すと、怒っているような――実際は泣き出すのを堪《こら》えている顔になり、言葉を続けた。

「別れ際に彼が言ったんだ。くしゃみをしたから、風邪か、と尋ねたら、『昨日、シャワーを浴びて髪を乾かさないまま出かけてしまった』と……」

「…………」

言ったきり顔を伏せ、肩を震わせ始めた遠宮の、その華奢《きやしや》な肩を高円寺はしっかりと抱き締めると、内ポケットから携帯を取り出し、どこかへかけ始めた。

「……おい？」

「兄貴？」

上条と藤原、二人が問いかける中、繋がった電話に向かい高円寺が淡々と指示を出す。

「俺だ。至急、鑑識の井上《いのうえ》に連絡を取ってくれ。奴のことだから当然調べていると思うが、西門社長宅のバスルームの排水溝から体毛が発見されていないか、確認してくれ」

高円寺が電話をかけた先は新宿西署《しんじゆくにししよ》であり、応対に出たのは宿直の刑事であることが、会話を聞く皆の間に浸透していった。

「はい」

ミトモがバーボンのロックグラスを、俯き肩を震わせる遠宮の前にそっと置き、顔を覗き込む。

「今夜は飲みましょう」

「そうだな。俺も飲むぜ」

答えたのは遠宮の肩を抱く高円寺だった。

「わかってるわよ」

ミトモが笑い、高円寺の前にもなみなみとバーボンを注いだグラスを置く。

「たまには記憶を無くすほど飲むのもいいもんだぜ」

なあ、と上条が笑ってグラスを取り上げ、中津もまた「僕もロック」とミトモに声をかける。

ひっそりとその場から藤原は姿を消していたが――仲村に関する裏付け捜査に彼は動いたのだった――三バカトリオに加え、

「今夜はアタシも飲むわよう」

と陽気な声を上げたミトモ、それぞれにグラスをぶつけられた遠宮は、顔を伏せたままではあったが一気にグラスを飲み干し、温かすぎる皆の気持ちに応えたのだった。

7

翌日、高円寺は再び西門美智子の実家を訪ね、彼女に令状を示した。

「任意じゃねえ。殺人教唆《きょうさ》の令状を取ってきたぜ」

ビシッと目の前で令状を広げてみせた高円寺に対し、美智子は言葉を失っていたが、新宿西署の取調室に到着するや否や、すぐに弁護士の仲村を呼べ、と騒ぎ始めた。

「わかったぜ」

頷き、傍《そば》に控えていた納《おさめ》に「頼む」と指示を出したあと、高円寺はその日の早朝『面白いことがわかった』と藤原から連絡があった、そのネタを内ポケットから取り出し、美智子の前に示してみせた。

「何よ、これ」

「西門社長の財産目録だ。あんたも知らない事実が書いてあるぜ」

高円寺はそう言い、その紙片をペラッと美智子の前に放ると、

「ちょっと！」

と大きな声を上げた彼女を無視し、取調室をあとにした。

間もなく納からの連絡を受け、仲村弁護士が新宿西署を訪れた。

「こちらへ」

納は彼を取調室へと――美智子が控えている部屋ではない取調室へと通し、仲村に戸惑いの声を上げさせた。

「ちょっと待ってください。これは一体どういうことです？」

「俺らは仲村さん、あんたに話を聞きたいっちゅうことだよ」

取調室の中に控えていたのは、高円寺と桜井《さくらい》だった。桜井が必死にメモを取っている。『記録係なんてできないぃ』と甘える桜井を叱咤《しった》し、高円寺が強引に役を振ったのだった。

「……相変わらず警察も懲《こ》りないですね」

やれやれ、といわんばかりに溜《た》め息《いき》をついた仲村は、踵《きびす》を返し取調室を出ようとした。

「待てや」

呼び止めた高円寺を肩越しに振り返り、仲村が淡々と言い捨てる。

「私を取り調べるというのなら、令状を取ってからにしてください」

「取れというなら取る。だが、できれば任意であんたに、髪の毛を一本貰《もら》いたいと思ってる」

「……なんですって？」

高円寺の言葉が予想していなかったものだったせいか、仲村が啞然《あぜん》とした顔で問い返す。

「ああ、西門社長宅のバスルームの排水溝から採取された体毛とDNA鑑定するからよ」

「…………」

仲村が口を閉ざし、じっと高円寺を見つめる。彼の頰がぴくぴくと痙攣《けいれん》しているさまから高円寺は、昨夜の中津の『推論』はやはり的を射たものだったという確信を抱いた。

「やはり令状が必要か？」

高円寺の駄目押しともいえる問いに、暫く間仲村は無言で立ち尽くしていたが、やがて小さく溜め息をつくと振り返り、ゆっくりと取調室内の椅子へと向かっていった。

「座っていいですか？」

「ああ」

高円寺が頷くと仲村は椅子を引いて座り、スーツの内ポケットから煙草《たばこ》を取り出した。高円寺もまた椅子に座り、煙草を咥《くわ》えた仲村に対し、ポケットから取り出したライターで火をつけてやる。

「ありがとうございます」

仲村はそう言い、煙草に火をつけたあとに、深く煙を吸い込み、はあ、と吐き出した。煙が高円寺の顔にかかったが、高円寺は何も言わず、ライターをポケットに仕舞うと右手を仲村の前に差し出した。

「髪の毛、ですか」

仲村が苦笑し、咥え煙草のまま自分で髪の毛を一本引き抜き、高円寺に渡す。

「サメちゃん」

「はい」

室内に控えていた納が白いハンカチを広げ、高円寺の手から仲村の毛髪を受け取ると、取調室を駆け出していった。

「……で？」

バタン、と扉が閉まったあと、仲村が高円寺に問いかける。

「浴室の排水溝からは、社長と夫人の美智子以外の毛髪が一種、採取されている」

高円寺が答えると仲村は、

「そうなんですか」

と頷き、再び、

「で？」

と問いかけてきた。

「事件の前夜、西門社長宅を訪ねる男の姿を、隣の住民が確認している」

「それが私だという根拠は？」

「ＤＮＡ鑑定の結果が証明してくれるだろう」

「だがそれは、社長を殺した証明にはなりませんよね？」

ふう、とまた大きく煙を吐き出し、仲村が笑う。高円寺はそんな彼の顔を暫く眺めたあと、彼もまたはあ、と大きく息を吐き出し、口を開いた。

「西門社長からの脅迫のネタはなんだった？」

「……え？」

その問いは想定外のものだったようで、戸惑いの声を上げた仲村に対し、高円寺の問いが続く。

「かつて西門社長に愛人関係を強要されたサラリーマンは、ヤクザに輪姦された場面をビデオに撮られ脅されたのだそうだ。あんたの場合はどうだった？　やはりビデオか？　それとも別の手段だったのか？」

「ちょっと待ってくれ。それじゃあまるで私が西門社長に愛人になれと強要されたようじゃないですか」

冗談じゃない、と仲村が声を上げて笑う。

「私と西門社長の関係は、クライアントと弁護士以外の何者でもありませんよ。言いがかりはよしてください」

「言いがかりだったらよかったんだけどな」

高円寺が深く溜め息をついたそのとき、取調室のドアがノックされ、再び納が現れた。

「…………」

納はつかつかと高円寺に歩み寄ると、耳元で数こと囁き、部屋を立ち去っていった。

「まさかこんなに早いタイミングで、ＤＮＡ鑑定の結果が出たわけじゃあないでしょう」

馬鹿にしきった口調で、仲村が高円寺を見やる。

「そらそうだ。そこまで科学の進歩は追いついちゃいねえ」

高円寺もまた笑い、仲村にそう答えたあと、さも笑い話の続きのような口調で言葉を告げた。

「西門美智子がすべて吐いたぜ。あんたと共謀《きょうぼう》して旦那を殺したってな」

「な……っ」

またも想定外のことを言われたらしく、仲村が絶句する。煙草の灰を落とすことも忘れるほどに動揺している彼に向かい、高円寺は淡々と言葉を続けていった。

「あんた、彼女に敢えて教えてなかっただろう？　西門社長が外貨投資に失敗し、今や貯蓄はゼロに近いばかりか、自宅や保有不動産もすべて抵当に入ってるってことをよ」

「…………」

対する仲村は何も言わず、悪鬼《あっき》のごとき形相で高円寺を睨み付けている。その顔が答えだろうと思いながら、高円寺は言葉を続けた。

「美智子夫人は首謀はあんただと言ってるそうだ。あんたが社長殺害の話を持ち込んできたと。自分は利用されただけだと喚《わめ》いているそうだが、実際のところはドッチが首謀だったんだ？俺は美智子じゃねえかと思ってるんだがよ」

「……警察の捜査能力というのは、案外凄《すご》いものだったんですねえ」

と、それまで沈黙を守っていた仲村がぷっと吹き出し、高円寺を見た。

「そんなに舐《な》めていたのかよ」

高円寺の問いに仲村は「まあね」と笑うと、既に灰が長く積もっていた煙草を揉み消し、内ポケットからまたも煙草を取り出して一本を咥えた。高円寺が火をつけてやろうとライターを取り出すと、自分でやる、と仲村は首を横に振り、ポケットから取り出したライターで火をつけた。

「舐めていたというわけじゃないですが、森に食いつくだろうと思ってました」

ふう、と煙を吐き出したあと、仲村がなんの感情も含まぬ声で話し始める。

「そのために国外に逃亡させたというのに、読み誤りました」

「おめえは運が悪かった。俺らには諸葛孔明《しょかつこうめい》がついてるからよ」

「赤壁《レッドクリフ》ですか。頼もしいですね」

ははは、と仲村が笑ったあと、ああ、と何か思いついた顔になる。

「孔明というのは、遠宮のことですか？」

「いや、違うぜ」

即答した高円寺を仲村は少しの間じっと見つめたあと、

「違うのか」

と笑い、彼から目を逸らした。

「おう。タローはお前のことを、学生時代の友人だと言ってたぜ」

「…………」

高円寺の言葉に仲村は何かを言おうとしたが、咄嗟《とっさ》に言葉が出てこなかったのか口を閉ざし、煙草を吸った。

暫しの沈黙が室内に流れる。

「タローの前で泣いたそうだな」

沈黙を破り、高円寺が問いかけた言葉に、仲村がはっとしたように顔を上げた。

「え？」

「大学の頃、タローがお前に、自分は一人が慣れているから気を遣《つか》わなくていい、と言ったら、泣いたらしいじゃないか。『そんな悲しいことを言うな』と言って」

「よくもそんなことを、覚えていたものだな」

あはは、と唐突に仲村が声を上げて笑い出す。だが彼の哄笑《こうしょう》は続く高円寺の言葉に止むこととなった。

「そりゃ覚えているだろう。友人との思い出だからな」

「……遠宮は実に優秀な男だった。でも、なんていうのかな、感情的に欠落している部分があると、僕は思ってた」

だから声をかけたんだ、と仲村が呟くような口調で喋《しゃべ》り出す。

「…………」

煙草のオレンジ色の火を見つめながら仲村がぽつぽつと話す言葉を、高円寺は言葉を挟むことなく聞いていた。

「きっかけは、彼に対する優越感じゃなかったかと思う。まともな対人関係を築けない男に、人付き合いとはなんたるかを教えてやる、それができるのは彼と対等の能力を持つ僕以外にないと思ってた。遠宮の場合はその美貌《びぼう》も人目を惹いていたから、彼と友人になるのは、他のクラスメイトに対しても自慢できることだとも思ってた」

「要はお前にとって、タローは友達じゃなかったってことか?」

だが聞いているのが辛くなり、つい言葉を挟んでしまうと、仲村は苦笑するように笑い、逆に高円寺に問い返してきた。

「さっきからあなた、遠宮のことを『太郎《たろう》』と呼び捨てにしていますが、特別な関係なんですか？　それこそ友人とでも？」

「ど、どうなんですか？　高円寺さんっ」

答えようとした高円寺より前に、書記を担当していたはずの桜井が高い声を上げ、席を立って高円寺に取り縋《すが》ってきた。

「お前なあっ」

いい加減にしろ、と高円寺は桜井をもといた場所へと押し戻すと、恨みがましい目を向けてきた彼を睨み付け、書記の仕事に戻るように促した。渋々シャーペンを持ったのを確認すると、高円寺はよし、と頷き視線を仲村へと移した。

「俺と太郎の関係だったよな」

「はい」

頷いた仲村に対し、高円寺は少し考える素振りをしたあと、おもむろに口を開いた。

「少なくとも俺と太郎の間には信頼関係が成り立っている。俺も太郎を欺《あざむ》こうと思わないし、太郎も俺を欺くことはないだろう」

「うまく逃げましたね」

高円寺が遠宮との仲を『特別だ』と断言しないのは、すれば遠宮にとって立場的にマズいだろうという判断からだった。それゆえ言葉を選んだ彼の心理を見抜いたかのように、仲村は高く笑うと、すっかり灰が積もっていた煙草をまたも灰皿で揉《も》み消した。

「しかし遠宮に信頼できる相手ができたとは驚きでしたよ」

「何を言ってやがる。俺ら課長の部下は課長を信じきってるし、課長も俺らを信じきってるぜ」

高円寺の言葉が終わるか終わらないかのうちに、書記を担当していたはずの桜井の高い声が室内に響いた。

「そのとおりです！　僕たちと遠宮課長は一蓮托生《いちれんたくしょう》です！」

「いいから、お前は書記に徹してろ！」

気を散らすんじゃねえ、と高円寺が桜井を怒鳴りつける。

「だってぇ」

「だってじゃねえ。キリキリ働けや」

怒声を張り上げた高円寺の耳に、ヒステリックなほどに高い笑い声を上げる仲村の言葉が響いた。

「随分《ずいぶん》な信頼関係だが、君らは知ってるのか？　君たちが信頼を寄せている遠宮課長は僕に捜査情報を漏らしたんですよ？　それでも君たちは課長を信頼すると言うのかい？」

「そんなこと、知ってますよ。課長が自分で言いましたから」

今回もまた、高円寺より先に口を開いたのは桜井だった。

「なに？」

さも当然のように——それこそ『馬鹿じゃないの』と言わんばかりにして告げられたその言葉に、仲村が愕然《がくぜん》とする。

「だからこそ、自分が疑われたんだって、なんでわかんないかな」

「お前、今の言葉、そのまま記録に残しておけや」

よく言った、と高円寺が桜井を振り返り、にっと笑う。

「えー、いいんですかぁ？」

嬉しそうに笑い返す桜井を、

「早くしろや」

とそんな彼を怒鳴りつける高円寺を、仲村は唖然とした顔のまま眺めていたが、やがて、くすくすと笑い始めた。

「なんだよ」

くすくす笑いがやがて、哄笑とも言うべき大きな笑いになっていく。気でも違ったか、と高円寺が問いかけても尚、仲村はげらげらと笑っていたが、さすがに笑い疲れたのか、はあ、と大きく息を吐き、乱れた髪をかき上げながら高円寺を見やった。

「どうやら遠宮は、僕の知っている遠宮とは別人になっているようだな」

「別人なもんかよ。太郎はお前を心から信じて、深く傷ついてるんだぜ」

怒りを抑えた声音で、高円寺がそう言い、キッと仲村を見据える。

「……遠宮にとって僕は、友人だったたってことか？」

だが仲村がどこか呆然とした顔でそう呟くと、高円寺は怒りを露《あら》わにし、バシッと机を叩いた。

「そうだよ。唯一の友人だってよ。お前にとっちゃ違ったのかよ？」

わん、と高円寺の声が取調室に響く。

「……唯一の……」

反響が治まった頃、仲村はぽつりと呟き、はは、と小さく笑った。

「何が可笑《おか》しい」

可笑しくはねえだろ、と高円寺が凶悪な目で仲村を睨む。

「ねえ」

仲村はそんな彼の視線などまるで堪《こた》えぬといった様子で、砕けた口調になり高円寺に問いかけてきた。

「遠宮って感情表現、わかりにくいよな？」

「なんだと？」

何が言いたい、と凄んだ高円寺の目の前で、それまでへらへらと笑っていた仲村の目に、みるみるうちに涙が溢れてきた。

「……おい？」

どうした、と高円寺がぼろぼろと涙を零《こぼ》し始めた仲村の顔を覗き込む。

「……唯一と……唯一の友人と思ってくれていたなんて……わからなかった……」

絞り出すようにして仲村が声を発し、涙に濡れる顔を高円寺へと向けてくる。

「……仲村……」

「僕が……僕だけが、友人と……友人だと、思い込んでいるのだとばかり……」

あとは言葉にならず、机に突っ伏《つぷ》して泣き始めた仲村の肩を、高円寺がバシバシと叩く。

「なんでそう思うんだよ。タローもお前を友達と思ってたからこそ、捜査情報を漏らしたんだろ？　だいたい信頼していない相手に、あいつがそんな大事なことを漏らすと思うか？　その時点でタローに誰より信頼されてると、わかりそうなもんじゃねえか」

「う……っ……ううっ……うっ……」

バシバシと肩を叩き続けながら、高円寺が言い聞かせるような口調で仲村に言葉をかける。

そのいちいちに仲村は頷きながら、暫くの間泣きじゃくっていたが、やがて落ち着いたのかゆっくりと顔を上げると、

「本当に……申し訳ありませんでした」

改めて高円寺に向かい深く頭を下げたあと、ぽつぽつと犯行を自供し始め、もらい泣きをしていた桜井は涙を拭《ぬぐ》いながら仲村の供述を必死で書き記すことになったのだった。


その日の夜、遠宮と高円寺、それに上条と神津、中津に藤原は、ミトモの店に集合した。

「二晩続けて貸し切りだなんて、我ながらほんっと、あんたらには甘いと思うわよ」

商売あがったりよ、と言いながらもミトモは笑顔で六人のグラスにバーボンを注ぎ、自分はちゃっかりビールの小瓶の栓を抜くと、

「かんぱーい」

と皆とグラスを合わせた。

「早期解決、やったじぇねえか」

上条が遠宮に向かい、グラスを掲げてみせる。

「……すべて皆さんの協力のおかげです」

遠宮は顔色こそ昨日より良くなっていたが、表情には憔悴《しょうすい》の色が濃かった。友人と信じていた男の裏切りが堪えているのだろうとわかるだけに、その場に集まった皆はその憂さを晴らしてやろうと、いつも以上に明るい声を張り上げた。

「あらあ、気にしなくていいのよう。情報料はきっちり久茂から貰ってるんだしさ」

ミトモがそう言い、「ねえ」と高円寺に話を振る。

「経費じゃ落ちねえよな」

高円寺が遠宮の顔を覗き込み、

「当たり前だろう」

と遠宮が彼を睨む。

「相変わらず厳しいねえ」

がはは、と嘲笑する上条を高円寺がぎろりと睨み、悪態をついた。

「そういや中津もりゅーもんも協力してくれたけどよ、ひーちゃんはここで飲んでただけだったよなあ？」

「あんだとぉ？」

上条が得意の三白眼《さんぱくがん》を高円寺に向けるのに、横から中津が、

「そういやそうだな」

と絶妙のタイミングで相槌を打ち、場はどっと笑いに沸いた。

「おい、中津よ。そりゃねえんじゃねえ？」

「いや、上条はまさとっさんがいない独り寝の寂しさをここで愚痴《ぐち》ってただけだった」

恨みがましい声を上げる上条に、高円寺が、うんうん、と頷きながら悪態をつきまくる。

「す、すみません」

「別に神津さんが謝ることじゃないよ」

恐縮する神津に、中津が慌ててフォローを入れる。

「そのとおりだぜ、まー」

「そうそう、悪ぃのは全部、飲んだくれてたひーちゃんだ」

上条が神津を気遣うのに更に、高円寺が調子に乗ったことを言い続ける。

「てめえなあ」

「ちょっとお、喧嘩は外よ！　備品壊したら弁償よう！」

またもつかみ合いの喧嘩になりそうになった二人を、ミトモと中津が慌てて間に入って制す

る。わいわいと騒ぐ彼らを遠宮はじっと眺めていたが、やがてふっと笑い、手の中のグラスを呷った。

「やだ、タローちゃん、何がおかしいの？」

気づいたミトモが突っ込みを入れる。

「……相変わらずだな、と思って」

言いながらまた、くすりと笑った遠宮に、

「あんだとぉ？」

と上条は絡んだが、いつもは恐ろしげな彼の顔は笑っていた。

「そうだな。相変わらずの仲良し六人組……ああ、ミトモさんも入れると七人組か」

中津もまた笑い、ぐるりと皆の顔を見回す。

「七人か。七人のこびとか？」

「七人の侍っちゅうのもあるよな」

「どれもキャラが今ひとつわからないよ」

「忠利さん、キャラ決めてどうするんだ？」

またもわいわいと、くだらないとしかいいようのないことを皆が言い始めたのを遠宮は微笑みながら見ていたが、会話が途切れたのを見計らい、

「本当に、ありがとうございました」

と深く頭を下げた。

「よせや。そう改まってよ」

「だからひーちゃんは何もしてねえだろって」

上条と高円寺がまたじゃれ合うのを、

「いい加減にしろ」

と中津が制し、にっこり微笑んだその顔を遠宮へと向ける。

「主犯は妻の美智子だったんだろう？」

「……本人は否定していますが、おおよその計画は美智子が練ったようです」

中津の問いに遠宮は頷くと、事件の概要を説明し始めた。

「美智子はバーテンの森との不倫の証拠を夫である西門社長に押さえられ、離婚を申し渡されていた。社長は彼女の浪費癖が許せなかったようです。金がないので当然のことだったんですが、美智子は社長が財産の殆どを失っていることを知らなかったゆえ、一円も慰謝料を取れない離婚に応じるしかない状況をなんとかしようと、夫の殺害を思いついたようです」

「それに仲村弁護士を抱き込んだ、というわけか」

ここで藤原が、遠宮に問いかける。遠宮は「はい」と頷くと話を再開した。

「夫が美智子の愛人を調べ上げたように、美智子もまた夫の愛人について調べ上げ、仲村と夫の関係に気づいた。因《ちな》みに仲村は昨日、ミトモさんが教えてくれたかつての社長の愛人同様、金で雇われた暴力団員に輪姦され、それを映像に残され脅されて愛人関係を結ばされたという話でした」

遠宮の表情が、苦痛を堪えているようなものになる。あまりの痛々しさに高円寺は遠宮の肩をぽんと叩くと、

「それでだ」

と代わって説明をし始めた。

「美智子の計画を聞いた仲村は、仲間になれという彼女の誘いを当然きっぱりと断った。だが今度は美智子に、夫と愛人関係にあることを世間に公表すると脅され、計画に乗らざるを得なくなった。本人は、西門社長との爛《ただ》れた関係にも限界を感じていたし、倫理観から外れた弁護士としての仕事も辛かったので殺人に手を貸したと言っていたが、その部分は敢えて記録に残さなかった」

「確かに『脅迫されて仕方なく』のほうが検事の心証は良さそうだな」

うん、と頷いた上条に「おうよ」と高円寺は片目を瞑《つむ》ると、話を続けた。

「実際の犯行は仲村がやった。美智子が外泊した場合、彼はほぼ百パーセント社長に自宅に呼

ばれていたそうでな、その日の朝九時過ぎ、全裸の状態で社長を殴り殺し、返り血をシャワーで流してから九時半に社長宅をあとにした。その後、美智子が携帯電話を使ったチャチな小細工で、犯行時刻が十時十分過ぎであることを捏造《ねつぞう》し、一方仲村は捜査状況を知ろうとタローに近づき、目的を達したあと、フェイクで美智子の愛人の森を海外に逃走させた。捜査の目が森に向いている限り、警察は真相に気づかないと踏んでいたが、実際に西門社長には財産などないばかりか莫大な負債を抱えているだけだったことが美智子に知れ、『殺人教唆』で逮捕状が出ていた彼女は自らの罪を軽減しようと、すべては仲村の計画だったと偽の自供をし、こうして真相が明らかになった。そういうことだ」

長く喋って疲れたぜ、と高円寺がおどけて笑い、周囲を見渡す。

「あの……」

と、そこで藤原が遠慮深く声を上げたのに、場の注目は彼へと集まった。

「なんだよ、りゅーもん」

「……これは下衆《げす》の勘ぐりだとは思うんですが」

言いながら藤原が、ちらと遠宮を見やり、口を閉ざす。

「わかってます」

遠宮はそんな藤原に頷くと、強張《こわば》った顔のまま口を開いた。

「もしも仲村が、美智子から夫の殺害計画を持ち込まれた際に、社長には負債しかないと明かしていれば、美智子も計画を実行せず離婚に応じたはずだ……龍門さんはそう言いたいのでしょう?」

「あ、いや……」

図星だったようで藤原が、困った顔になり言葉を濁す。遠宮はまたも、わかっている、と頷くと、淡々とした口調で言葉を続けた。

「高円寺は記録から削除させたが、仲村の動機はそれこそ、モラルとの戦いだったのだと思います。社長の愛人でいることも耐え難かったのでしょう。気持ちはわかりますが、だからといって殺人を犯していいという法はない。仲村は法曹としての道を——いえ、人としての道を踏み誤ったのだと思います」

「いや、完全には踏み誤ってねえと、俺は思うぜ」

と、そのとき高円寺のガラガラ声が店内に響き、遠宮の言葉を遮った。

「……気を遣ってくれなくていい」

遠宮が苦笑し、首を横に振る。

「気を遣ったわけじゃねえ。仲村はおめえに自分の罪を暴いてほしかったんだと気づいたんだよ」

「……え？」

高円寺の言葉の意味がわからず、眉を顰めて遠宮が問い返す。高円寺はじっと彼の顔を真摯《しんし》な目で見つめたまま、ゆっくりと口を開いた。

「……仲村が捜査状況を探りに来たときの話を、前にここでしてくれたじゃねえか」

「……ああ……？」

遠宮は相槌を打ちはしたが、高円寺が何を言いたいのかは、未だにわからぬようで首を傾げている。そんな彼に向かい高円寺は静かな——だが力強い声で、彼思うところの真実を告げた。

「別れしな、くしゃみをした仲村をお前が『風邪か？』と案じた。そのとき仲村はなんて言った？」

「……あ……」

ようやく高円寺の意図を察したらしい遠宮が小さく声を上げ、縋るような目を高円寺へと向けてくる。

「そうだよ。あいつは『昨日、シャワーを浴びて髪も乾かさずに出かけてしまったせいだ』そう言ったんだったよな。前日に彼は社長を殺し、シャワーを浴びて返り血を洗い流した。髪を乾かす余裕などあったわけがない。それを彼はあのとき、タローに告白していたんだよ」

「……そんな意図は彼にはなかったかもしれない……咄嗟に口をついて真実が出てしまっただ

けかも……」

遠宮が首を横に振り、震える声で高円寺の言葉を否定する。

「いや」

高円寺はそんな彼の両肩をがしっと摑むと、酷く潤んだ遠宮の瞳を覗き込み、にっこりと微笑みながらこう告げた。

「信じろや。友達なんだからよ」

「…………」

遠宮の瞳が更に潤み、涙の雫《しずく》が盛り上がる。泣き顔を見られたくないのか顔を伏せた遠宮を高円寺は胸に抱き寄せ、よしよし、と言うように髪を撫《な》でてやった。

「ここらで『友情』に乾杯して、高円寺とタローを見送ってやろうぜ」

と、上条が大きな声でがなり立て、ミトモを「酒だ、酒」と促した。

「ひーちゃんもたまには粋《いき》なはからい、するじゃねえの」

胸に遠宮をしっかりと抱き締めたまま高円寺が笑い、上条に向かって片目を瞑る。

「たまにはってなんだよ」

「いいから、ほら、乾杯だろ？」

ほらほら、と中津が二人の仲を取りなし、それぞれがグラスを手にしていることを確認した

あと、

「乾杯！」

と高い声を上げた。

「乾杯！」

「おう、乾杯！」

「りゅーもん、てめえ、またウーロン茶で乾杯か？」

皆がくちぐちに唱和し、楽しげな笑い声が店内に溢れる。

「それじゃ、帰るか」

スツールに腰かけたたままの少し苦しい姿勢で、己の胸に顔を埋めていた遠宮の目を高円寺が覗き込む。

「…………」

遠宮は言葉もなく頷くと、スツールを下り、涙に濡れる顔を隠そうとしたのか俯いた。

「それじゃ、お先に！」

「おう、いい夢みろよ」

「長さんか」

上条の挨拶に、中津が突っ込む。

「歯、磨けよ」

「風呂、入れよ」

「もう、いい加減にしろよ」

尻馬に乗り、上条と藤原が次々叫ぶのを、中津が笑いながら制する。

「お前らも、いい夢見ろよ！」

高円寺もまた、がはは、と笑うと、俯く遠宮の肩をしっかりと抱き寄せ、やんややんやの歓声が上がる中、二人して『three friends』をあとにしたのだった。

8

「どっちにするか？」

店を出ると高円寺は遠宮に、自分の家と遠宮の家、どちらに行くかと尋ねたが、遠宮は俯いたまま答えようとしなかった。

「俺んちでいいか？」

だが高円寺がそう問いを重ねると、遠宮は小さく頷き、高円寺の胸に身体を寄せてきた。

「よっしゃ」

タクシーを捕まえよう、と高円寺も遠宮の肩をきつく抱き、足を速める。中通りにやってきた空車に手を挙げ停《と》めると高円寺は、

「高田馬場《たかだのばば》」

と運転手に告げ、項垂れる遠宮の肩を抱き寄せた。

「…………」

遠宮が高円寺の胸に身体を寄せてくる。いつにない素直なその仕草は、彼がそれだけ今傷つ

いているためだろうとわかるだけに、高円寺は更に強い力で遠宮の肩を抱き、もう片方の手で膝《ひざ》の上に置かれていた遠宮の手をぎゅっと握り締めた。

「…………」

遠宮は相変わらず言葉は発しなかったが、高円寺の手をぎゅっと握り返してきた。そうして二人は会話を交わすこともなく、後部シートで手を握り合ったまま、タクシーが高円寺のアパートへと到着するのを待っていた。

道が空《す》いていたせいで、十分程度で車は高田馬場にある高円寺のアパート前に到着した。高円寺が運転手に金を払って車を降り、

「ほら」

とあとから降りようとした遠宮に右手を差し出す。

「……久茂……」

ぽつん、と名を呼び、顔を上げた遠宮の頬には涙の痕《あと》があり、瞳は酷く潤んでいた。やるせない思いが一気に胸に溢れてくるのを感じながらも高円寺は、

「ほら」

と更に右手を差し出すと、その手に己の手を重ねてきた遠宮ににっと笑いかけ、ぎゅっと手を握り締めた。

高円寺に肩を抱かれたまま、彼の部屋へと導かれた遠宮だったが、高円寺が扉を開け中へと彼を通すと、それまで伏せられていたその顔が上がった。

「……汚い……」

「……タロー、お前な」

遠宮は高円寺の部屋を訪れるたびに部屋の汚さ——不潔ではなく煩雑《はんざつ》であるだけだと高円寺は常に主張しているのだが——について文句をつける。今夜はあれだけ落ち込んでいたというのに、と高円寺は呆れた声を上げたが、すぐにふっと笑い、遠宮の身体を玄関先で抱き上げた。

「おいっ」

不意の高円寺の行動に驚いた遠宮が、腕の中で暴れる。

「いつものタローに戻ったな」

それでいい、と高円寺が笑うのに、遠宮がはっとした顔になり動きを止めた。

「……久茂……」

敷きっぱなしの万年床《まんねんどこ》に遠宮をそっと横たえ、ゆっくりと覆い被さっていく高円寺の背に遠宮の両腕が回り、しっかりと抱き締めてきた。

「愛してるぜ。タロー」

囁き、唇を寄せる高円寺に、遠宮も囁き返す。

「僕も……愛している」

「……っ」

思わぬ遠宮の告白に、驚いた高円寺の動きがぴたと止まる。照れゆえか、はたまたエベレストより高いと称されるプライドゆえか、遠宮は滅多《めった》に己の気持ちを言葉にして表現することがないのだが、その彼から『愛している』などという熱烈な告白が聞けるとは、と目を見開いた高円寺のリアクションが遠宮に『照れ』もしくは『プライド』を思い出させたらしい。

「なんだ」

キッと睨み上げるその顔を見下ろし、高円寺は、しまった、と思いつつ、

「なんでもねえ」

と笑って唇を塞《ふさ》ぎにいった。

「ん……」

すっかり意気消沈していた様子を見るのが辛かった高円寺にとって、遠宮がいつもの調子を取り戻したことにはほっとせずにはいられなかった。貪《むさぼ》るように求める激しいキスに同じく貪るように応えてくれる、そんな遠宮から高円寺は手早く服を剝《は》ぎ取ると、身体を起こし自分も服を脱ぎ捨て始めた。

「…………」

全裸で横たわる遠宮が、じっと高円寺の脱衣の様子を眺めている。高円寺が立ち上がってスラックスを脱ぎ、ある意味彼のトレードマークにもなっている黒ビキニをも脱ぎ捨てたとき、遠宮の口から微《かす》かな声が漏れた。

「……あ……」

「あ?」

なんだ、と高円寺が遠宮を見下ろしたときには、彼は身体を起こしていた。膝をついて近づいてきた遠宮の動きを高円寺は思わず目で追ってしまっていたが、すぐ近くまでやってきた遠宮が躊躇《ためら》う素振りも見せずに自身の勃《た》ちかけた雄に手を添え口へと含もうとしたのにはぎょっとし、慌てて腰を引こうとした。

「……どうして」

同じ分だけ顔を突き出してきながら、遠宮がじろ、と高円寺を見上げる。

「いや、そんなこと、しなくていいんだぜ?」

遠宮には性体験はそうないと高円寺は踏んでいた。反応が初々しいのがその理由なのだが、遠宮自身はそれを見破られることを酷く厭うており、いかにも慣れているように振る舞いたがる。

フェラチオも彼は何度か高円寺に対し試みたことがあったが、どう見てもその顔は辛そうな上に、正直上手いとはいえないものだった。それゆえ高円寺は、苦痛を伴うのであればする必要はないという思いやりから、遠宮の手から己の雄を取り上げようとしたのだが、遠宮はむっとした顔になるとその手を振り払い、強引に高円寺の雄をすっぽりと咥えてしまった。

「お、おい……っ」

熱い口内を感じた途端、自身の雄がドクンと脈打ち一気に勃ち上がったのを察した高円寺は、またも腰を引こうとしたが、遠宮は口から彼の雄を出そうとはしなかった。手で竿《さお》を握り、先端のくびれた部分を唇できゅっと締め上げた状態で、どうだ、というようにちら、と高円寺を見上げる。

「……っ」

上目遣いのその瞳に、彼の形のよい唇が己の雄を咥えているというそのシチュエーションに、高円寺の欲情に一気に火がついた。それが雄に伝わったのか、遠宮が驚いたように目を見開く。

「タロー」

続いて眉を顰めたその表情から、口の中でかさが増した自身の雄が彼に息苦しさを感じさせているのではと案じた高円寺は、無理やり遠宮の口からそれを引き抜こうとしたのだが、意地にでもなったのか遠宮は尚もそれにむしゃぶりつき、先端に舌を絡め始めた。

「もういいって」

先走りの液が滲《にじ》む穴を硬くした舌先でぐりぐりと割られる。同時に竿を扱《しご》き上げられ、もう我慢ができなくなる、と高円寺はまたも無理やり遠宮から雄を取り上げようとしたのだが、今回も遠宮は大人しく口を離さなかった。

制止する高円寺の声が上擦《うわず》っていることに気づいたのか、ちら、と目を上げた遠宮のその目の縁《ふち》が紅《あか》く染まっている。彼もまた欲情していることは、その雄が勃ちきっていることからもわかった。彼をもまたよくしてやりたいと高円寺はまた遠宮から雄を取り上げようとし、意地になっているとしか思えない遠宮は必死で高円寺の雄にしゃぶりつく。

「……あ……っ」

子供のようなその必死な表情が高円寺の欲情を煽《あお》り、もう我慢できない、と無理やり遠宮の口から雄を取り上げたその瞬間、彼は達してしまった。

「うっ」

勢いよく迸《ほとばし》り出た精液がピシャ、と遠宮の顔に飛ぶ。

「わ、悪ぃ」

顔射などする気はなかった、と高円寺は慌てて詫《わ》びると膝をつき、その辺りに脱ぎ捨てた己のシャツでどこか呆然とした表情をしていた遠宮の顔を拭った。

「……AVみたいだな……」

ごしごしと頬を擦《こす》るシャツを遠宮が押さえ、ぼそりと呟く。

「悪ぃ。臭えだろ?」

「……別に」

摑んだシャツを遠宮は顔から外させるとぽいと放り、高円寺の首に縋り付いてきた。

「……しかし……」

「なんだ」

そのまま後ろへと倒れ込み、布団の上へと高円寺を導こうとする遠宮の意のままに動きながら、高円寺がぼそりと彼の耳元で呟く。

「タローもAVなんか観るんだな」

「………………」

意外だった、と高円寺が笑うと遠宮は、うっと息を呑み、ギロ、と凶悪な目を向けてきた。

「ジョークだってばよ」

そんな彼の表情から、まさか本当に観ていたとは、と内心驚きながらも高円寺は、これ以上弄《いじ》ると遠宮が臍を曲げかねないと察し、彼の首筋に顔を埋めていく。

「……やっ……」

きつく肌を吸い上げると、遠宮は悩ましげな声を上げ、下肢《かし》を高円寺へと擦り寄せてきた。

首筋の見えるところに痕は残すなとあれだけ怒っていたことが高円寺の頭を過《よ》ぎり、しまった、と顔を上げたものの、遠宮が苦情を言う気配はない。やれやれ、と高円寺は心の中で安堵の息を吐くと、見えないところにつけてやれ、とばかりに唇を首筋から胸へと移動させ、胸の突起をしゃぶり始めた。

「あっ……やっ……もう……っ」

ちゅうと乳輪を強く吸い上げたあと、乳首を軽く嚙《か》んでやる。もう片方の乳首を指先できゅっと抓《つね》ると、遠宮は背を大きく仰《の》け反《ぞ》らせ享受する快感の大きさを伝えてきたが、彼の首は大きく横に振られ、口からは拒絶の言葉が漏れていた。

「……？」

胸を弄《いじ》られるのは好きなはずだが、どうした、と目を上げながらも、高円寺が乳首を舐め上げ、もう片方をきゅっと摘《つま》む。

「やめ……っ」

と、またも遠宮は拒絶の言葉を口にすると、今度はそれだけでなく両手を伸ばし高円寺の髪を摑んできた。

「いて……」

容赦ない摑みっぷりに、いい加減この癖は改めてもらいたいものだと思いつつ、高円寺が身体を起こして遠宮を見下ろす。

「なに？」

「早く……挿《い》れろ」

問いかけると遠宮はすっと目を逸らせ、ぶすっとした声でそう告げた。

「我慢できねえってか？」

そういうことか、と笑った高円寺を、遠宮がまた、ギロリと睨む。が、高円寺が、

「待ってろ」

と言い、己の雄を扱き上げ、一気にその雄が勃ち上がっていくさまには目を奪われたようで、怒りを忘れたかのようにじっと見つめ続けていた。

「いくぜ」

あっという間に勃ち上がった雄を高円寺が示してみせたとき、遠宮の喉《のど》がごくりと鳴り、まさに『生唾《なまつば》を飲み込む』心境だったたか、と高円寺を苦笑させた。

「……早く……」

気づかれたと察した遠宮が、ぶすっと呟きながらも自ら大きく両脚《あし》を開く。

「わかったって」

待ってろ、と高円寺は自身の指を二本口へと含んで唾液《だえき》で湿らせると、片手で押し広げたそ

こへとその指を挿入していった。

「熱《あつ》」

中の熱さと、きゅうきゅうと指を締めつけてくるその動きに、高円寺の口から思わず驚きの声が漏れる。

「いいから早くっ」

自身の浅ましいほどの身体の反応を恥じたのだろう、遠宮がきつい語調でそう言い、高円寺を睨み上げてくる。

「わかったって」

照れるな、と心の中で呟くと高円寺は手早くそこを指で解《ほぐ》したあとに、遠宮の両脚を抱え上げた。

「早く……っ」

ひくひくと蠢く内壁を晒《さら》しながら、遠宮が切羽詰《せっぱつ》まった声を上げる。

「おう」

いよいよ我慢できないのだろうと察した高円寺は、勃ちきった雄の先端をそこへと押し当てると、焦らすことはせず一気にねじ込んでいった。

「あぁっ」

遠宮の背が仰け反り、白い喉が露わになる。むしゃぶりつきたくなるその喉のラインを見下ろしながら高円寺は遠宮の両脚を引き寄せるようにして己の雄をすべて埋め込むと、勢いよく腰の律動を開始した。

「あっ……あぁっ……あっあっあっ」

火がついたように熱い遠宮の中が、激しく抜き差しされる高円寺の雄によって生まれる摩擦熱でますます熱くなる。激しい突き上げを受けるたびに遠宮の身体はシーツの上で跳ね上がり、淫《みだ》らに捩《よじ》れて高円寺の視覚を刺激し、彼の欲情を煽り立てていった。

「やぁっ……あっ……あっあっあっ」

ぎゅっと目を閉じた顔を、いやいやをするように激しく横に振る。快楽が大きければ大きいほどその仕草が大仰《おおぎょう》になることは既に、高円寺の知るところだった。今夜はことさらに感じているらしいと高円寺もまた満足しつつ、突き上げの速度を上げていく。

「あぁっ……もうっ……もうっ……あぁぁっ」

遠宮の喘《あえ》ぎが次第に悲鳴のようになってくる。安普請《やすぶしん》のこのアパートでは隣室やら上の部屋やらにこの声が響き渡っているだろうと高円寺は首を竦めると、遠宮を絶頂状態から解放してやるべく彼の雄を握り一気に扱き上げた。

「あぁーっ」

一段と高い声を上げ、遠宮が達する。白濁した液が高円寺の手の中に飛び散ったと同時に彼の後ろが一段と激しく収縮し、高円寺の雄を締め上げた。

「……っ」

その刺激に高円寺もまた達し、これでもかというほどに遠宮の中に精を注ぐ。

「ん……」

迸る精液の重さを感じたのか、遠宮が眉を密かに顰め呻《うめ》いたあとに、両手両脚を高円寺の背に絡め、ぎゅっと抱き寄せてくる。

「……もう一回……」

ぜいぜいと息を乱しているにもかかわらず、唇を寄せた高円寺に対し、遠宮が告げた言葉はそれだった。

「大丈夫かよ」

無理するな、と案じる高円寺に向かい、ぼそりと遠宮が口を開く。

「今夜はお前が……久茂がもっと欲しい……」

いつにない素直な遠宮の言葉に、高円寺は驚いたあまり言葉を失ったが、それを顔に出しては、二度とこのようなことは起こるまいと堪え、笑顔で頷く。

「……っ」

「わかったぜ」

にっと笑った高円寺に遠宮もまた、はあと息を大きく吐いて整えようとしながら、にっこりと笑い返す。本当に明日は雪やら台風やらにならないといいがと思いながらも高円寺は、胸に溢れる熱い想いのままに、遠宮へと覆い被さっていった。


「大丈夫かよ」

『もう一度』というのは遠宮の希望ではあったが、やはり体力的にはキツかったようで、最後は失神してしまった。慌てて高円寺がキッチンや風呂場へと走り、濡れタオルを用意して額に乗せてやると、遠宮はうっすらと目を開き高円寺を見上げてきた。

「大丈夫だ」

言いながら彼が額に手をやり、タオルを摑んで起き上がろうとする。

「無理するな」

寝てろ、と高円寺は微笑むと、「水、飲むか？」と彼に尋ねた。

「ああ」

頷いた遠宮に、既に枕元に用意していたペットボトルの水を、まず高円寺が口に含み、遠宮へと顔を寄せていく。

「ん……」

口移しに水を飲まされた遠宮は、最初上手く水を受け取ることができず、首筋に零れてしまった。冷たい、と身体を強張らせた彼に高円寺は、慌てて唇を離し身体を起こそうとしたのだが、遠宮の手が彼の背を抱きそれを制し、高円寺の口の中から水がなくなったそのあとも、二人は暫くの間唇を合わせていた。

「大丈夫か？」

長いキスのあと問いかけた高円寺に遠宮は、

「ああ」

と頷いたが、あまり『大丈夫』ではなかったようでそのまま目を閉じてしまった。額の上のタオルを取り替えてやるか、と高円寺がそっと手を伸ばし取り上げる。

「…………」

その手を遠宮の手がぎゅっと握ってきたのに、なんだ、起きていたのかと高円寺は彼を見下ろしたが、遠宮の目が開く気配はない。目を閉じていると彼の表情はあどけないといっていいほど若く見える。それだけにああも激しく求めてしまったことに対する一抹の後悔が高円寺の胸に芽生えたそのとき、目を閉じたまま、遠宮がぽつりと呟いた。

「……久茂……」

「ん？」

なんだ、と高円寺が言葉を聞き取ろうと彼の口元に顔を寄せる。

「…………悪かった」

微かな――本当に微かな声ではあったが、遠宮は確かにそう言った。

「……何が？」

何に対する謝罪なのか、まるで心当たりがなかったために高円寺は問い返したのだが、目が覚めているのかいないのか、遠宮はそれ以上は何も語らず、じっと目を閉じたまま黙り込んでいた。

「…………」

彼は何を詫びたのだろう、と高円寺は一人、白皙《はくせき》の頬に落ちる遠宮の長い睫《まつげ》の影を見ながら考える。

事件のことについてか――仲村に対し、捜査情報を漏洩《ろうえい》したことを未だに悔いているのか。それとも、普段、なかなかこうも素直になれないことを詫びたのか。言葉が足りず、想いに擦れ違いが生じてしまっていた、そのことを詫びたのか。

あれこれと考えたあとに高円寺は、まあ、なんでもいいか、と苦笑し、いつの間にか眠ってしまったらしい遠宮の手を己の手から外させると、彼の額からタオルを下ろし、代わりに、とばかりに己の熱い唇を押し当てた。

「…………」

遠宮に目覚める気配はない。が、彼の口元は微かな笑みに綻《ほころ》んだ。安らかなその寝顔を見下ろす高円寺の胸にも、安らかな、そして温かな想いが溢れてくる。

謝罪する必要など何もないのだ。彼が何をしようとも、すべてこの胸で受け止めてやるという想いを込め、高円寺は再び遠宮の額に唇を押し当てる。

「ん……」

遠宮の唇から微かな声が漏れ、柔らかな笑みが顔に広がっていく。得も言われぬ幸福感漂うその顔を見下ろす高円寺の胸にも同じ——否、それ以上の幸福感が漲《みなぎ》っていた。

「高円寺さん、きょ、今日もまたなんていうか……凄いですね」

翌朝、新宿西署で高円寺が納と顔を合わせた途端、気のいいこの後輩は高円寺の傷だらけの顔を見て、言葉を選びながらも驚きのコメントを述べてきた。

「まあ、いつものことよ」

がはは、と笑ったものの、頬に走るミミズ腫《ば》れが引き攣《つ》り「いてて」と高円寺が顔を歪める。

「また、犬も食わない、ですか？」

「まあな。ちょっとしたスキンシップよ」

「スキンシップ……」

とんでもないスキンシップもあるものだ、と言いたげに口籠《くちご》もった納に高円寺は、

「おう、そうだ」

と話題を変えた。

「前にサメちゃん、課長がいよいよ本庁に呼び戻される噂《うわさ》があるって言ってたろ？　あれ、ガセだぜ」

「え？　ホントですか？」

納が驚いた様子で目を見開き、高円寺に問いかけてくる。

「おう、本当だぜ」

それを確認したせいでこの傷ができたのだ、と高円寺は今朝の光景を思い起こした。

朝、遠宮と共に支度をしている最中、以前納に聞いた異動の話を高円寺は思い出し、遠宮に

確認したのである。

『そんな大事なことを僕がお前に言わないとでも思ったのか‼』

聞いた途端遠宮が暴れ出し、この惨状となったのだった。高円寺としてみれば、遠宮が自分に言いづらかったから隠していたのではないか、という思いがあったゆえ、それならこちらから聞き出してやろうと思ったという、どちらかというと彼への配慮だったのだが、それが今回は裏目に出てしまったのである。

それをいくら説明しようとしても遠宮は『知らない！』とそっぽを向き、とっとと一人で高円寺のアパートを出ていってしまった。それで高円寺は一人で署に出たわけだが、まったく、ああも怒らなくても、と遠宮の許容範囲の狭さを嘆きつつも、異動の噂がまったくのデタラメであったことは嬉しいと思うあたり、本当に自分は甘いぜ、と自嘲した彼の耳に、尖った遠宮の声が響く。

「高円寺さん！　無駄話をしている暇があったら、早く報告書を提出してください！」

「わかった、わかったってばよ」

機嫌の悪さを引き摺《ず》っているのがありありとわかる愛しい恋人を高円寺は振り返り、彼だけにわかるようにこっそり片目を瞑ってみせる。

「わかった、わかったって、いつも口ばかりじゃないですかっ」

更に怒声を張り上げはしたが、高円寺のウインクに気づいた遠宮の頬には微かに朱が走っていた。なかなか素直になれないそんな部分もまた、しっかりとこの胸で受け止めてやるぜ、と高円寺は遠宮に向かって微笑んでみせると、怒りからか羞恥《しゅうち》からか、ますます赤面してきた彼の顔を愛しげに見つめたのだった。

Holidays～それぞれの休日～

「ん……」

美味《おい》しそうな味噌汁の匂いが上条秀臣《かみじょうひでおみ》の鼻腔《びこう》を擽《くすぐ》り、彼を眠りの世界から呼び起こした。

「あれ」

起き上がり、隣に寝ていたはずの恋人の――神津雅俊《こうづまさとし》の姿がないことに小さく声を漏らすと、床に落ちていた下着を身につけキッチンへと向かう。

「あ、秀臣さん、おはよう」

キッチンでは最後の仕上げにと、味噌汁にネギを入れようとしていた神津が、上条に笑顔を向けてきた。

「ごめん、起こしちゃったかな」

「そんなことねえ。だけど、まー、辛くねえか？」

心配そうに問いかけながら上条が神津に歩み寄り、彼の身体を背後から抱き締める。

「昨夜、無茶させちまったし」

上条の言葉に、神津の白皙《はくせき》の頬《ほお》がみるみるうちに紅色に染まってゆく。

「……馬鹿《ばか》……」

恥じらいながら、ぼそ、と呟《つぶや》くその仕草が、上条の欲情を一気に煽《あお》り立てたらしい。そのまま神津の身体の向きを強引に変えさせ、無理やり唇を塞《ふさ》ごうとしてきた彼に、

「ちょっと……」

神津は抗議の声を上げ、慌ててガスの火を止めると上条を睨《にら》んだ。

「もう……」

「悪《わり》ぃ。まーの顔見たら、なんだか興奮してきちまった」

悪びれもせずに微笑《ほほえ》み、唇を寄せてくる上条の背に、神津の両腕が回る。

「ん……」

一見ヤのつく自由業に見えるが、実は東京地検《とうきょうちけん》特捜部の検事という堅い職業についている上条と、大学の研究室勤務の神津は、神津が知らぬ間に巻き込まれていたある事件をきっかけに付き合い始めた。

朝から濃厚なキスを交わし始めたこの二人は――お互いを『秀臣さん』『まー』と呼び合う二人は、改めて説明するまでもなく仲間内から『バカップル』の呼び名も高い恋人同士である。

「……今日は休みなんだからよ、まーもゆっくり寝てりゃあいいじゃねえか」

「そうなんだけど……」

微《かす》かに唇を離し囁《ささや》く上条に対し、神津が口籠《くちご》もる。

「……まー」

神津が言い淀《よど》んだ言葉を、上条は正確に彼の表情から読み取った。

「俺が腹、空《す》かしてんじゃねえかとか考えたんだろ？　そんな気ぃ遣《つか》うこと、ねえんだぜ？」

「気なんか遣ってないよ」

「嘘《うそ》だね」

「嘘じゃないよ。僕だってお腹空いたし」

「嘘だ」

口論――にもならない痴話喧嘩《ちわげんか》の合間合間に、チュ、チュ、と二人は唇を合わせている。

「んん……」

言葉の合間に唇を重ねる時間がやがてその『言葉』よりも長くなり、触れるようなキスが舌をきつく絡め合う深いくちづけへと変じる頃には、神津の両手は上条の裸の背をしっかりと抱き締め、逞《たくま》しい胸に体重を預けていた。

「あっ……」

上条の腕が神津の背から滑り下り、エプロンの下、形のいい小さな尻をぎゅっと掴《つか》む。指先が割れ目へと食い込むのに神津の唇から甘い喘《あえ》ぎが漏《も》れ、上条にしがみつく彼の手にぐっと力が込められた。

「……やっ……」

ぐりぐりと後ろを抉《えぐ》る上条の指に、神津の背が仰《の》け反《ぞ》ったが、その途端彼は自分がどこで何をしていたかを思い出したようで、はっと我に返った顔になると、慌てた素振りで上条の背から腕を解《ほど》いた。

「まー？」

「……朝ご飯、食べないと……」

どうした、と顔を見下ろしてくる上条から神津は身体を離し、再びガス台へと向き直ろうとする。

「メシより今は、まーが食いたいな」

もしもこの場に悪友たちがいたら、『ベタすぎる』と爆笑されていたに違いない上条の台詞《せりふ》に、神津は爆笑するどころか「え……」と恥ずかしそうに頬を染め、上条を振り返った。

「いいだろ？　まー」

言いながら上条が、神津の身体を再び自分のほうへと向けさせると、彼がかけていたエプロンを捲《めく》り上げ、ジーンズのボタンを外した。

「……朝から……」

口では拒否するようなことを言ってはいたが、神津は上条が自分のジーンズを下着ごと膝《ひざ》の辺りまで下ろすその手を止めようとはしなかった。

「ちょっとコッチ、寄ろうか」

鍋をひっくり返すのを恐れ、上条は神津の腕を引いてガス台の前からシンクの前へと移動させると、また彼に身体の向きを変えさせ、両手をシンクの縁へとつかせた。

「……恥ずかしい……」

裸に剝《む》かれた下肢《かし》を覆うのはエプロンの布のみ、しかも後ろはばっちり丸見えで——という己の姿を頭に思い浮かべたのか、神津が羞恥《しゅうち》に身を捩《よじ》り、ぼそりと小さく呟く。

「最高に色っぽいぜ」

くねる腰の動きに、上条はごくりと生唾《なまつば》を呑《の》み込んだあとに、神津の双丘《そうきゅう》を摑み、ぐっとそこを押し広げた。

「……あっ……」

明るい朝の光の下、小さく声を漏らした神津の薄紅色の内壁がひくついている。艶《なま》めかしいそのさまにまた上条はごくりと唾を呑み込むと、手早く自身の下着を下ろし、既に勃《た》ちきっていた己の雄を神津のそこへとねじ込んでいった。

「あぁっ……」

昨夜さんざん上条のそれを咥《くわ》え込んだそこは未《いま》だに熱を孕《はら》んでおり、いきなりの挿入をも易々《やすやす》と受け入れ、逞しいその質感に悦《よろこ》びわなないた。

「……熱い……」

すべてを埋め込んだあとに上条は神津の耳元にそう囁くと、シンクの縁を握っていた彼の手をしっかりと上から握り締め、腰の律動を開始する。

「あっ……あぁっ……あっあっあっ」

互いの下肢がぶつかり合うときにパンパンと高い音が響くほどに激しく突き上げてくる上条の動きに、神津はあっという間に絶頂へと導かれていったようで、高く声を上げ、背を仰け反らせて享受している快楽の大きさを伝えてきた。

「……まー……っ……」

貞淑《ていしゅく》な妻を地でいく神津が、快楽に我を忘れて乱れまくる姿に上条の欲情はますます煽られ、律動のスピードが上がってゆく。

「あぁっ……もうっ……もう……っ……だめ……っ」

神津が切羽《せっぱ》詰まった声を上げ、おそらく無意識なのだろう、肩越しに上条を振り返り、懇願するような視線を向ける。

「いかせて……っ……ひで……おみ……っ……さっ……」

「……まー……っ」

神津の唇から零《こぼ》れた彼の本音に、上条は感極まった声を上げると、「わかった」と頷《うなず》いたあとに、更に突き上げの勢いを増した。

「アーッ」

同時に腕を神津の前へと回し、エプロンを捲り上げて彼の雄を摑むと、自身が達するタイミングに合わせ、一気に扱《しご》き上げてやる。神津は高い声を上げて達したあと、再び肩越しに上条を振り返り、潤んだ瞳で上条を見つめてきた。

「……まー、愛してるよ……」

息が上がり、喋《しゃべ》ることができない神津に、上条が愛の言葉を口にする。

「……僕……も……」

愛してる、と頷く神津の身体を上条が背後から抱き締め、唇を寄せると、二人繫《つな》がったまままた、チュ、チュ、と唇を合わせていく。

「ぁっ……」

くちづけが激しくなる頃には、神津の中で上条の雄は硬さを取り戻しており、再び彼の腰の律動が始まっていた。

「あっ……あぁっ……あっあっあっ」

その後も、神津の悩ましい喘ぎ声が、朝のキッチンに延々と響き渡り、神津がせっかく早起きして作った朝食を二人が取るのは、日もいい加減高く昇った昼食時となった。

「起きろ、久茂《ひさも》！」

バシッと裸の胸を叩《たた》かれ、それまで高鼾《たかいびき》で寝ていた高円寺《こうえんじ》久茂は「んー？」と眠そうに目を開いた。

「帰る」

高円寺の枕元には既にスーツを着終えた彼の恋人、遠宮《とおみや》太郎《たろう》が厳しい顔をして座っている。

「帰るって？　今日、休みだろ？」

大あくびをし、万年床《まんねんどこ》から起き上がった高円寺は未だに裸であるのだが、逞しい胸板といい、綺麗《きれい》に引き締まった腹筋といい、広い肩幅といい、逆三角形の日本人離れしたそれは見事な体《たい》躯《く》をしている。日本人離れしているのは身体だけではなく顔立ちもで、ハーフかクオーターかとよく間違えられるラテン系のハンサムガイである。裸でいるときには万人が見惚《みと》れずにはいられない美丈夫《びじょうふ》なのだが、服装のセンスが独特であるため——初対面の人間百パーセントがヤクザと見紛《みまご》う格好なのである——遠巻きにされることが多いこの高円寺は、新宿西署《しんじゅくにししょ》の刑事だった。

「明るくなってからこの部屋に一秒でもいるのは無理だ」

そんな彼に忌憚《きたん》のない言葉をぶつけ、「それじゃ」と立ち上がりかけた遠宮は、三十五歳の高円寺よりも九歳年下の二十六歳、東大《とうだい》法学部卒のキャリアであり、現在の役職は新宿西署の刑事課長――早い話が高円寺の上司である。

遠宮もまた、滅多《めった》に見ない美形であるが、彼の場合は性格のキツさから、周囲に対し近寄りがたい印象を与えている。そんな二人はいわゆる『職場恋愛中』であるが、未だ同居には至っていない。高円寺が何度も遠宮を「一緒に暮らそう」と誘っているのに対し、遠宮は「こんな汚い部屋では暮らせない」と突っぱね続けているのだった。

「あ、ひでえ。散らかっちゃあいるけど、不潔じゃあねえだろ？」

あーあ、と高円寺がまたも大あくびをし、髪の毛をかき回しながら周囲をざっと見渡す。常に多忙を極める刑事という職業ゆえ、部屋を片付ける暇がないのだ、というのが高円寺が日頃よく口にする言い訳だった。

特にこの頃は、所轄《しょかつ》内で発生した大がかりな事件の捜査に忙殺されていたから仕方がないじゃないか、と高円寺は昨夜も、部屋に連れ込んだ途端に「帰る」と踵《きびす》を返そうとした遠宮に対し、延々言い訳をし、なんとかベッドイン――彼の場合は万年床の布団だったが――したのである。

確かに高円寺の言葉どおり、彼の部屋はものが乱雑に散らかってはいるが、洗濯は結構マメにしているのと、百パーセント外食であるために生ゴミの類は一つもない。だが掃除機などかけたことがないために——室内に掃除機が存在しているかも謎である——床は常にほこりっぽく、足の踏み場がないくらいに服やら新聞やらが散乱している。もとより几帳面《きちょうめん》な性格の遠宮には、高円寺のこのだらしのない性格がそのまま表れている彼の部屋が我慢できないようで、来れば必ずこうして口論が始まるのだった。

「不潔じゃなければいいというものでもないだろう。よくこんな中で生活ができるな」

「仕方ねえだろ。昨日まで例の事件で寝る間も惜しんで走り回ってたんだ。いつ片付けろって言うんだよ」

「この数日でここまで散らかったわけじゃないだろう？　久茂の部屋はいつも汚いじゃないか」

もう帰る、と立ち上がりかけた遠宮の手を、高円寺が摑んでぐい、と己のほうへと引き寄せる。

「よせっ」

「なあ、タロー、せっかくの休みじゃねえか。帰るなんて言うなよ」

そのままスーツ姿の遠宮を、高円寺は今まで彼が寝ていた布団へと押し倒すと、器用に身体を入れ替え、彼に圧《の》し掛《か》っていった。

「帰ると言って……っ」

きつい語調で言い捨てる遠宮の両手を押さえつけ、唇を塞ぐ。

「ん……」

高円寺の舌が遠宮の歯列を割り、口内へと侵入して彼の舌を吸い上げると、遠宮もまた積極的に舌を絡め、二人は朝から濃厚なキスを交わし始めた。

「……あっ……」

高円寺の手が遠宮の腕を離し、きつく結んだネクタイを解《ほど》いたあとに、手早くシャツのボタンを外していく。高円寺がすべてボタンを外しきると遠宮は彼の胸を押しやるようにして半身を起こし、自分で手首のボタンを外すと上着ごとシャツを脱いだ。

その間に高円寺が遠宮のスラックスのベルトを外し、ファスナーを下ろす。

「どうせこうして脱がされるのに、なんできっちり着込むかね」

ぼそ、と呟いた高円寺の下で、スラックスを下着ごと脱いでいた遠宮がむっとした顔になり、再び「帰る」と布団を出ようとする。

「ジョークだってばよ」

高円寺は慌てて彼の腕を摑んで布団へと引き戻すと、自分を睨《にら》み上げていた遠宮の胸に顔を埋《うず》め、昨日さんざん舐《ねぶ》り倒したせいで紅《あか》く色づいているその乳首を口に含んだ。

「……っ……」

きつく吸い上げたあとに舌先で転がすと、遠宮の身体がびくっと震え、早くも肌が熱し始める。もう片方の乳首を指先で摘《つま》み上げ、ときにきつく抓《つね》り上げながら、同時にコリッと噛《か》んでやると、

「あぁっ……」

遠宮は背を大きく仰け反らせ、唇から高い声を漏らした。感じやすい体質の遠宮だが、殊更胸への刺激には弱いのである。

それがわかっているだけに、高円寺はまた、コリッと彼の乳首を噛むと、開いている手を遠宮の下肢へと滑らせ、既に勃ちかけていた彼の雄をぎゅっと握った。

「や……っ……」

根元を締めつけるようにし、先端のくびれた部分を親指と人差し指の腹で擦り上げる。胸を舐られながらの直接的な刺激に、遠宮の雄はあっという間に勃ちきり、先端には透明な液が盛り上がっては高円寺の手へと滴り落ちた。

「あっ……あぁっ……あっ……あっあっ」

執拗《しつよう》に乳首を吸い、雄の先端を攻め立てる高円寺の身体の下で、享受する快楽に我を忘れつつある遠宮の腰が淫《みだ》らにくねり、両脚《あし》が次第に開いていく。そのさまを高円寺は、ちら、と見

下ろしたものの、相変わらず遠宮の胸に顔を埋めたまま乳首を舐り、ぎゅっと根元を握りながら、彼の雄を弄り続けた。

「はやく……っ……あっ……もうっ……」

遠宮がいやいやをするように首を横に振り、更に脚を開いて次なる行為へと高円寺を誘おうとする。が、高円寺がわざと気づかぬふりを決め込み、たまには苛《いじ》めてやろうとばかりに胸から顔を上げずにいると、遠宮の脚は高円寺の腰へと回り、なんと踵《かかと》を勢いよく落としてきた。

「痛《いて》えっ」

思いもよらぬ遠宮の攻撃に悲鳴を上げた高円寺は、ようやく身体を起こすと、

「あのよう」

と遠宮を恨みがましい目で見下ろす。

「はやくと言っているだろう」

同時にぎゅっと雄を握られたのに、遠宮は、う、と小さく息を呑みはしたが、キッと高円寺を睨み上げると、きつい口調でそう言った。

「相変わらず、女王様だねえ」

やれやれ、と高円寺が苦笑し、遠宮の雄を離すと彼の両脚を抱え上げる。

「誰が女王だ……っ」

「俺のわけねえだろ」

あはは、と笑った高円寺が、尚も悪態をつこうとした遠宮のそこへと、己の雄をねじ込んだ。

「あっ……」

一気に奥まで貫かれ、遠宮の背がまた大きく仰け反り彼の白い喉《のど》が露《あら》わになる。思わず食らいつきたくなる衝動を高円寺は抑え込むと、今もっとも遠宮が望んでいる行為を——力強い突き上げを実践すべく、彼の両脚を抱え直した。

「あぁっ……あっ……あっあっあっ」

遠宮の華奢な身体が高円寺の万年床の上で撓《しな》り、上がる嬌声《きょうせい》が高くなる。快楽に身悶《みもだ》え、我を忘れるそのさまと、普段、何かというと突っかかってくる女王然とした態度とのギャップは、高円寺の興奮を煽るスパイスとなっていた。

年齢差にして九歳、遠宮が如何《いか》に押し隠そうとしても、滲《にじ》み出る恋情を感じ取れない高円寺ではない。ひねくれ者の遠宮が、閨《ねや》の中でだけは素直になる、そこがまた可愛《かわい》いと思える心の余裕を持ち合わせている彼は、乱れる遠宮の姿に満足げに微笑むと、律動のスピードを一気に上げ、フィニッシュへと突っ走っていった。

「あぁっ」

先に遠宮が達したあとに、

「……くっ……」

高円寺もまた達し、遠宮の上で伸び上がるような姿勢になった。

「……ん……」

息を乱しながらも遠宮が両手をすっと上げ、高円寺へと伸ばしてくる。抱き合いたいのだろうと察した高円寺はすぐに身体を落としてやると、はあはあと息を乱している遠宮の唇へと己の唇を寄せていった。

「……だ」

遠宮が苦しい呼吸の下、何か高円寺に告げる。

「なんでえ？」

問い返した高円寺は、続く遠宮の言葉に、やれやれ、と溜《た》め息《いき》をついた。

「……女王と呼ばれるのは嫌いだ……」

「悪かったよ。いい加減、機嫌直してくれや」

ふい、と横を向く遠宮の唇を追いかけるようにして高円寺が彼に覆い被さり、顔を覗き込む。

「……わかればいい」

頷いた遠宮がくちづけを求めて目を閉じる。これを『女王』と呼ばずになんと呼ぶ、と高円寺は心の中で苦笑しながらも、遠宮の唇を貪《むさぼ》るようなキスで塞いでいった。

その頃、上条と高円寺とは『三バカトリオ』の異名を取るほどに仲のいい三十年来の腐れ縁、中津忠利《なかつただとし》の家では――。

「ん……」

ピーピーというアラーム音に中津は目覚め、周囲を見回して今自分がベッドに一人で寝ていることに気づいた。

上体を起こし、広く室内を見渡して、そこに昨夜身体を重ねた恋人の――藤原龍門《ふじわらりゅうもん》の姿がないことを再確認する。

そういえばこのところ本業そっちのけで例の事件関係に駆け回っていたので、締め切りが怖いというようなことを言っていたような気がする、と思いながら起き上がった中津は、多忙の恋人のために朝食でも作るか、とベッドを降り、脱がされた下着を身につけクローゼットから服を出した。

中津は家でもあまりラフな格好はせず、襟《えり》付きのシャツにパンツを着用していることが多い。

それは彼が地検の検事から転向した弁護士であるという堅い経歴のため――というよりは、元来の几帳面な性格によるところが大きかった。

向かい合った者の九割が赤面するという際立った美貌《びぼう》の持ち主ではあるのだが、縁なし眼鏡《めがね》の奥の瞳《ひとみ》があまりに理知的であるためと、このきっちりとした性格ゆえ、周囲に対しては近寄りがたい印象を与えることが多い。

中津を知る者に彼の欠点は何かと問うた場合、たいがいの人間が「ない」と即答するに違いない。絶世の美貌は勿論《もちろん》、仕事面では勤め先である佐伯《さえき》法律事務所の所長をして『私の右腕』と言わしめるほどに優秀であり、ゴルフはハンデシングルの腕前、家事全般そつなくこなし、人付き合いも得意である。

まさに『非の打ち所がない』彼は、そうして非の打ち所がないだけに、近寄りがたいという理由でパートナーのいない日々を送っていたのであるが、この『高嶺《たかね》の花』の心を射止めたのが、現在同居中の恋人、藤原なのだった。

藤原は名の知れたフリーのルポライターであり、メジャーどころの雑誌に連載をいくつも抱えている売れっ子である。かつては日本の三大新聞といわれる大手新聞社の記者だったのだが、ある事件をきっかけに新聞社を辞め、やさぐれていた時代もあった。

が、中津との出会いにより彼は立ち直り、今や再び仕事に情熱を燃やす日々を過ごしている。

中津や上条、高円寺の六歳年下であるため、中津はともかく、上条や高円寺の格好の弄られ役となっている、ワイルドな見た目の割にはへたれたところもある、可愛げのあるナイスガイである。

中津が手早く服を着終え、部屋を出ようとしたちょうどそのとき、ノックの音と共にドアが開き、藤原がひょい、と顔を出した。

「なんだ、忠利さん、起きたんだ」

「龍門、何やってるんだ？」

藤原は片手に大きな盆を持っていた。盆の上にはトーストやサラダが二人分載っている。

「たまにはベッドで朝食を、というのもいいかと思ったんだけど、なんだ、起きちゃったか」

残念、と藤原が苦笑するのに、中津も思わず笑ったのだが、続く藤原の言葉には、彼にしては珍しく赤面することとなった。

「昨夜は随分《ずいぶん》無茶させちゃったから、起き上がれないかと思ったんだけど」

「……馬鹿……」

『随分無茶させた』は言うまでもなく、昨夜のベッドでの行為のことであり、藤原の言うとおり中津は激しすぎる藤原の突き上げに、最後は気を失ってしまったのだった。

「事件がようやく解決したと思ったら、なんだか昨夜は興奮しちゃって……」

大丈夫？　と問いかけてくる藤原に、紅い顔のまま中津は「ああ」と頷くと、改めて彼を見上げ笑いかけた。

「無事、解決してよかったな」

「そうだね。俺も久々に世間をあっと言わせる記事が書けそうで嬉《うれ》しいよ」

やる気に溢《あふ》れる藤原の答えに、中津もまた目を細め嬉しげに微笑んだが、そんな彼に朝食の支度などさせていいものか、と思い直した。

「忙しいのに、申し訳ないな」

「なにが?」

藤原が心底不思議そうに問い返したあと、中津の目線が自分が持つ盆に注がれているのを見て「ああ」と彼の言いたいことに気づく。

「別に申し訳ないことなんかないさ。なに、記事は昨夜忠利さんが寝たあとにだいたいのところはまとめたんだ。あとは見直すくらいさ」

「え」

驚きのあまり中津が目を見開き、藤原をまじまじと見上げた。

「なに?」

「あのあと、仕事したのか」

あれほど激しく求め合ったあとに、ベッドを抜け出し机に向かった彼の姿を想像し、中津が感心しつつ問いかける。

「ああ。実は徹夜明け」

「ええ？」

照れたように笑った藤原の前で中津は再び驚きの声を上げると、手を伸ばし藤原の手から盆を取り上げた。

「忠利さん？」

「そんな忙しい状態なら、別に朝食など作らなくても……」

中津がベッドサイドのテーブルに盆を下ろし、藤原を睨む。

「何怒ってるの」

問いかけながらも、藤原には、中津が怒っているわけではなく、自分の身体を心配してくれていることがわかっていた。

それゆえ顔には笑みが浮かんでいた彼を、中津はまたもじろ、と睨んだあとに、ぼそりと聞こえないような小さな声で呟いた。

「徹夜明けの龍門に朝食を作ってもらうなんて……」

「そんな、忠利さんを落ち込ませるつもりはなかったんだけど？」

藤原がくすくす笑いながら、中津の身体を抱き寄せ、俯《うつむ》く顔を覗き込む。

「……疲れてるのに、悪かったな」

「忠利さんが思ってるより、俺は全然タフなんだけどな」

言いながら藤原が中津の背を抱き寄せ、唇を塞ごうとする。

「……龍門……」

しっかりと抱き締められたためにぴたりと二人の下肢が重なり、藤原の雄の熱さが中津に伝わってくる。思わず顔を上げた中津に藤原は少し照れたように笑うと、更に唇を近づけ、熱く囁きかけてきた。

「自己嫌悪に陥る忠利さんを前に興奮した……そのくらい、俺はタフなんだけど」

「馬鹿か」

思わず吹き出した中津だったが、藤原の手が背中から尻へと滑り、ぎゅっと握り締めてきたのに、彼の唇から甘い吐息が漏れた。

「……あっ……」

「朝食前に一汗かけるくらいにも、タフだよ?」

そう言うと同時に藤原が、そのまま中津の身体を傍《かたわ》らのベッドへと押し倒す。

「龍門」

「忠利さんが辛いと言うなら、我慢するけど?」

突然のことに驚き、反射的に藤原の胸を押しやった中津の動きを受け、身体を起こした藤原がそう問いかけてくる。

「別に辛くはないよ」

確かに酷く腰がだるくはあったが、藤原の熱い雄を感じたときに中津の肌の下でも、欲情の焔《ほむら》が立ち上っていた。

「挿《い》れてもいい？」

藤原が嬉しげに微笑み、中津のパンツに手をかける。

「……ああ」

中津が頷くと藤原は、慌ただしいともいえる手つきで手早くパンツのボタンを外し、下着ごと一気に中津の両脚から引き抜いた。

そうして中津の下肢を裸に剝いた藤原は続いて自分のジーンズのファスナーを下ろし、既に勃ちきっていた雄を取り出してみせる。

「……確かにタフかも」

「疲れマラって言うじゃない」

中津の感嘆の声に、藤原の照れた声が答える。

「やっぱり疲れてるんじゃないか」

「あまりに余裕のない自分に自己嫌悪に陥ってるだけだよ」

軽口を叩き合いながらも藤原の手が中津の両脚を抱え上げ、恥部を露わにすると、ひくつくそこへと猛《たけ》る雄をねじ込んだ。

「あっ……」

昨夜の行為の熱を残す中津の後孔は、藤原のいきなりの挿入を難なく受け入れ、確かな質感に悦びわななく。

「……いい感じ……っ」

藤原がにっと笑いかけるのに、中津は羞恥の念を覚えふいとそっぽを向いたのだが、藤原が一気に腰を進めてきたのには、大きく背を仰け反らせ高く喘いでいた。

「あぁっ……」

「いくよ」

藤原が中津の両脚を抱え直し、力強い律動を開始する。ほんの数時間前まで二人抱き合っていた同じベッドで激しく突き上げられ、中津の身体に宿っていた欲情の残り火が一気に燃え上がった。

「あっ……はぁっ……あっ……あっ……あっ」

シーツの上で身悶《みもだ》え、喘ぐ彼のシャツはきっちりとボタンが嵌《は》められたままである。これは逸《はや》る欲情に突き動かされた藤原に、それこそまったく余裕がなかったためなのだが、カチッとした上半身と、剝き出しの下半身というギャップにますます藤原の欲情は煽られ、きっと疲れているだろうから配慮をせねばと思っていたはずの彼の動きはより活発に、より力強さを増していった。

「あぁっ……もうっ……あっ……あぁっ……」

そんな藤原の身体の下では、快楽の絶頂へと追い立てられ、既に意識も朦朧《もうろう》としてきた中津が、甘やかな声で啼《な》いている。勃ちきっていた彼の雄を藤原が摑み扱き上げると、中津の声はますます高く、切羽詰まっていった。

「もうっ……もうっ……あぁっ……」

普段は凛々《りり》しい中津の声が、昨夜からさんざん喘がされたために酷《ひど》く掠《かす》れてしまっている。その掠れ声もまたセクシーで、いよいよ我慢が利かなくなってきた藤原は中津の雄を一気に扱き上げてやりながら、自身もまた腰の律動を速めた。

「あぁっ」

一段と高い声を上げて中津が達し、藤原の手の中に白濁した液を飛ばす。

「……くっ……」

藤原もほぼ同時に達したあとにゆっくりと身体を落とし、息を乱す中津の唇に己の唇を寄せていった。

「……大丈夫？　忠利さん……」

はあはあと、まるで息が整う気配を見せない中津を気遣い、藤原が眉を顰《ひそ》めて問いかける。

「…………龍門こそ……」

「え？」

息を乱しながらも中津が、必死で言葉を絞り出す、その声を聞こうと中津の唇に耳を寄せた藤原は、その唇から発せられた言葉に、これでもかというほど胸を熱くすることとなった。

「……龍門こそ……仕事……まだ……途中なんだろう？」

「忠利さん……」

疲れ果て、呼吸も整わない状態であるにもかかわらず、自分の仕事を心配してくれる年上の恋人の優しさに感極まった声を上げた藤原に向かい、中津はにっこりと微笑むと、両手を伸ばし藤原の身体をぐっと抱き寄せる。

「忠利さん……」

「……久々に世間をあっと言わせる記事を書くんだろう？　頑張れよ」

藤原の背をしっかりと抱き締め、中津が彼の耳元に囁きかける。

「ああ、まかせてくれ」

愛しい人の期待を裏切るわけにはいかない、と藤原は力強く頷くと、そろそろ息も整ってきた中津の唇を唇で塞ぎ、互いの想いの熱さを伝え合うような濃厚なくちづけへと二人は耽《ふけ》っていった。

事件が解決した日、それぞれに濃厚な夜を過ごした三組の恋人たちは、翌朝も等しく熱い時間を過ごしていた。気が合うにもほどがあるというこの事実を、彼らが互いに知る日は——おそらく来ないに違いない。

淫らな背徳
～コミックバージョン～
by 陸裕千景子
鑑識の井上さんね
遠宮課長にまでアプローチ始めたらしいよ？
タローに!?
栖原さん
正気か!?
なんちゅう命知らずな…
彼ってホント守備範囲広いよねぇ
おめぇが言うか？
それ…
ああいう堅物に限って夜がすごそうだっていう意見には同感だけどね
妄想かきたてられるじゃない？何かすごいワザ持ってそうだとか…
フフフ…
ワザねぇ…
あるかもなかかと落としとか…
え？

あとがき

はじめまして&こんにちは。愁堂れなです。このたびは十冊目のＢ－ＰＲＩＮＣＥ文庫、淫らシリーズ第九弾となりました『淫らな背徳』をお手に取ってくださり、本当にどうもありがとうございました。皆様の応援のおかげでシリーズも九冊目を迎えることができました。

今回のお当番は、高円寺と遠宮のカップルです。同時発売の文庫化『心は淫らな闇に舞う』と奇しくも同じとなりました。文庫化も、そしてこの『淫らな背徳』も合わせてお楽しみいただけると嬉しいです。

普段のがさつな態度に似合わず、実は海よりも深い心とザルの目よりも細かい（比喩が変ですね・笑）心配りのできる高円寺ですが、あまりにも心が広く深すぎて、嫉妬や自己嫌悪などのマイナス感情とは無縁でした。そんな彼が今回、遠宮の学生時代の友人に対し嫉妬心を覚えます。ジェラる自分に戸惑う高円寺を、それを受け止める遠宮を、本当に楽しみながら書かせていただきました。皆様にも少しでも楽しんでいただけるといいなとお祈りしています。

同時収録の『Holidays～それぞれの休日～』は以前小説ｂ－Ｂｏｙに掲載いただいたショートです。時系列的には『淫らな関係』の事件のあとのお話となります。三組それぞれのエッチをお楽しみいただけると幸いです。

イラストの陸裕千景子先生、今回も本当に素晴らしいイラストをどうもありがとうございました！　表紙の美しさに、口絵の色っぽさに、最高にドキドキさせていただきました。いつも本当に素敵なイラストを、そしてめちゃめちゃ楽しい漫画をありがとうございます！　シリーズをこうしてずっとご一緒させていただけて本当に幸せです。これからもどうぞよろしくお願い申し上げます。

また、担当様をはじめ、本書発行に携わってくださいましたすべての皆様に、この場をお借りいたしまして心より御礼申し上げます。

同時発売の本にも書かせていただいたのですが、七月十四日発売の小説ｂ－Ｂｏｙ八月号に淫らシリーズのショートを掲載いただいています。こちらもよろしかったらどうぞお手に取ってみてくださいね。雑誌のテーマに合わせた……はずが、微妙に外しているような気もしつつ、皆様に少しでもお楽しみいただけると幸いです。

また皆様にお目にかかれますことを、切にお祈りしています。

平成二十一年六月吉日

愁堂れな

（公式サイト「シャインズ」http://www.r-shuhdoh.com/）

初出一覧

淫らな背徳　/書き下ろし
Holidays～それぞれの休日～　/小説b-Boy '08年9月号（リブレ出版刊）掲載
淫らな背徳～コミックバージョン～　/描き下ろし

B-PRINCE文庫をお買い上げいただきありがとうございます。
先生へのファンレターはこちらにお送りください。
〒162-0825　東京都新宿区神楽坂6-46　ローベル神楽坂ビル4階
リブレ出版(株)内　編集部

B♥PRINCE

http://b-prince.com

淫《みだ》らな背《はい》徳《とく》

発行　2009年7月7日　初版発行

著者｜愁堂れな

発行者	髙野 潔
出版企画・編集	リブレ出版株式会社
発行所	株式会社アスキー・メディアワークス 〒160-8326　東京都新宿区西新宿4-34-7 ☎03-6866-7323（編集）
発売元	株式会社角川グループパブリッシング 〒102-8177　東京都千代田区富士見2-13-3 ☎03-3238-8605（営業）
印刷・製本	旭印刷株式会社

Printed in Japan
ISBN978-4-04-867914-5 C0193

淫らシリーズ♥好評発売中
著：愁堂れな
イラスト：陸裕千景子
淫らな罠に堕とされて
淫らなキスに乱されて
淫らな躰に酔わされて
恋は淫らにしどけなく
愛は淫らな夜に咲く
心は淫らな闇に舞う
淫らな関係
淫らな爪痕
淫らな背徳
強面検事・上条、美貌の弁護士・中津、
精悍な刑事・高円寺は三十年来の親友。
それぞれの恋人とラブラブな毎日を過ごしているが、
彼らを難事件が襲い!?

B-PRINCE文庫

好評発売中!!